La Zapatera Prodigiosa

FEDERICO GARCÍA LORCA

La Zapatera Prodigiosa

EDITED WITH INTRODUCTION, EXERCISES,
NOTES, AND VOCABULARY

BY Edith F. Helman
Professor of Spanish, Simmons College

W · W · NORTON & COMPANY · INC · *New York*

PRINTED IN THE UNITED STATES OF AMERICA
FOR THE PUBLISHERS BY THE VAIL-BALLOU PRESS

89

To CAROLINE B. BOURLAND

Contents

Foreword

THIS TEXT of *La zapatera prodigiosa,* reproduced without change or abridgment from the authorized Losada edition, has been prepared with two related, though separable, ends in view, namely, for reading as a work of literature and for the study of the spoken language. As a literary text, it is of the highest quality and at the same time entertaining, authentically Spanish and yet of the widest possible appeal. It is of interest to all students of contemporary literature, and in particular, to students of the theatre, inasmuch as it exemplifies Lorca's revolt against nineteenth-century realism and his creation of poetic drama out of popular themes, characters and speech. The popular speech, however, is so rich in idiom and image that the student needs some help in apprehending it. This edition, by means of a comprehensive Vocabulary and the translation and explanation of colloquial expressions, enables even the inexperienced student to enjoy fully the sparkling humor and piquant language of the play. It thus makes more readily accessible, for the first time in this country, a text by the great contemporary poet, Federico García Lorca.

In addition to its use as an introduction to Lorca's work and as a reading text, the play can serve as a means of learning living Spanish as Spaniards speak it. *La zapatera prodigiosa* offers the student the pleasant opportunity to assimilate expressions of everyday language as they are spontaneously used by its engaging characters to convey what everyone needs or wants to say in real, simple, common human situations. The second purpose of this text, then, is to serve as an instrument for learning to speak Spanish. And it is to this end that the Exercises have been planned; any teacher can expand them but they at least suggest some practical ways in which the language of the text may effectively be learned. If students come to recognize, feel, enjoy and use the characteristic forms of expression found in this play, they will have gone a long way toward possessing Spanish and being able to speak it.

It is a pleasure to thank at this time the many people who have made the publication of this edition possible and have assisted me in its preparation: first the poet's family who gave their kind permission to use the play and the songs, and the artist Gregorio Prieto, who generously contributed the reproduction of his portrait of Lorca and authorized the use of the Self-Portrait of Lorca in New York; then the friends who have helped with problems of language or with the exercises, Professors Amado Alonso and Pedro Salinas, Doris K. Arjona and Donald D. Walsh; to the latter I am further indebted for his generous help in reading proof. Finally, I acknowledge my great debt to my students, whose enthusiasm impelled me to undertake the text and whose collaboration greatly facilitated its completion; I am most especially indebted to one of them, Elizabeth A. Cronin, for her untiring and invaluable assistance in typing the manuscript and in preparing it for publication.

EDITH HELMAN

Introduction

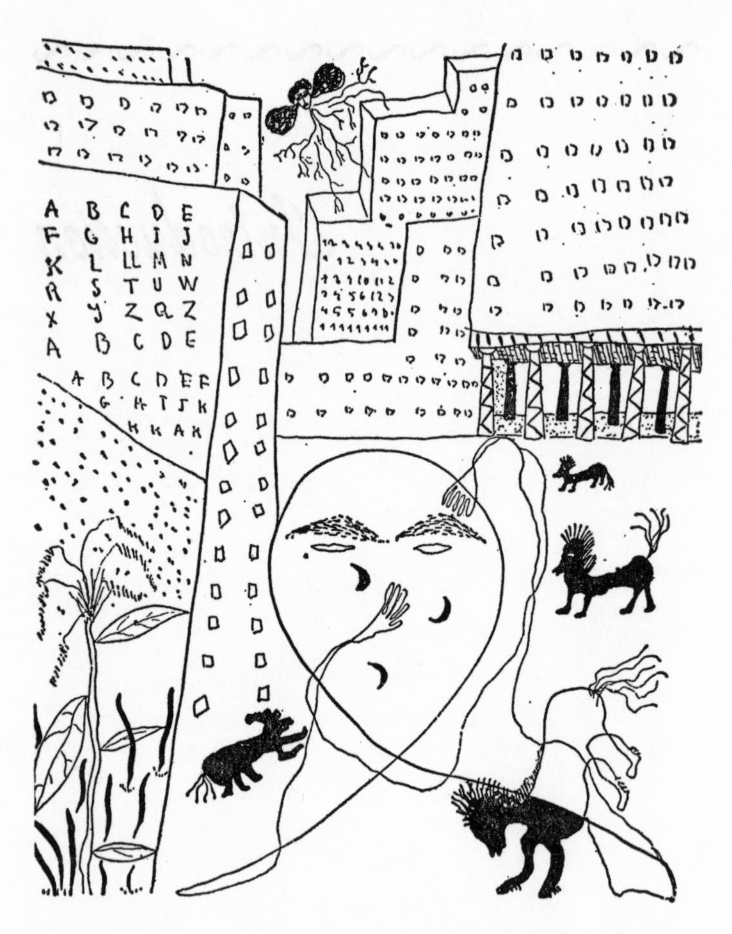

AUTORRETRATO—SELF-PORTRAIT OF THE POET IN NEW YORK

Yo estaba en la terraza luchando con la luna.
Enjambres de ventanas acribillaban un muslo de la noche. . . .

Danza de la muerte

A Brief Chronology

OF GARCÍA LORCA'S LIFE AND WORKS

1899	June 5. Born in Fuentevaqueros (in Province of Granada).
	Studies in Granada.
1918	*Impresiones y paisajes.*
1919	Leaves for Madrid; next nine years divided between Madrid and Granada.
1920	*El maleficio de la mariposa* produced in Madrid.
1921	*Libro de poemas,* first collection of poems published.
1927	*Canciones* published; written 1921–24. *Mariana Pineda* staged in Madrid first time.
1928	*Romancero gitano* published; written 1924–27.
1929–30	Summer to spring in New York; then Cuba.
1930	Returns to Spain, in summer. *La zapatera prodigiosa* presented in Madrid.
1931	*Poema del cante jondo* published; written in 1921–22.
1932	"La Barraca" organized in collaboration with Eduardo Ugarte.

1933 *Bodas de sangre* produced in Madrid.

1933–34 In Buenos Aires; helps with production of his plays; gives lectures.

1934 Return to Spain.
Llanto por Ignacio Sánchez Mejías.
Yerma, Poema trágico en tres actos y seis cuadros, produced in Madrid.

1935 *Doña Rosita la Soltera o el lenguaje de las flores* presented in Madrid.
Seis poemas gallegos.

1936 July. Death in the first days of the Spanish Civil War.
Primeras canciones published posthumously; written in 1921–22.

FEDERICO GARCÍA LORCA

Universal Spaniard

La zapatera prodigiosa, an epitome of all that is perennial in Spanish folk life and language, was written mostly in this country, in New York City, where chance, weaving its intricate web of circumstances, had brought the poet Federico García Lorca, in the summer of 1929. He had been suffering from a depression brought on in part by a sentimental crisis to which his close friends refer only in the vaguest terms, and in part by the too blatant applause for his gypsy ballads, the *Romancero gitano,* published the year before. Lorca always abhorred adulation, banquets, and homages; he said that poets and dramatists rather than being acclaimed at the success of a work should be challenged to do something more difficult, perhaps even impossible, like expressing the anguish of the sea through one of their characters. He resisted, moreover, having his poetic art identified with one type of subject-matter, even though he had achieved a poetic stylization of gypsy themes and song. He was determined not to exploit his success in this vein and to seek new modes and media of expression. In this mood, sad, withdrawn, and uncommunicative, he eagerly grasped the opportunity to leave Spain for the first time and to accompany his dear friend and former teacher, Don Fernando de los Ríos, on a journey to the United States.

The impact of the American scene, so radically different from anything he had ever before perceived, the cacophony of sounds he could not understand, for he never learned any English, had a profound effect on Lorca that amounted almost to shock. In the discordant and disjointed verses of his *Poeta en Nueva York* we have his poetic vision of this "Senegal with machinery," of our "salvaje Norteamérica" where man lives completely divorced from nature. His wanderings through Harlem and the East Side are recorded with the warm sympathy he always felt for the poor and the oppressed, in his poems "El rey de Harlem," "Cementerio judío," and others. Throughout these poems he denounces and rejects a mechanized civilization, in which dehumanized people do not feel or suffer anything, as he says in this devastating line: "No hay dolor en la voz. Sólo existen los dientes." [1] And yet this unsleeping city with its desensitized multitudes exerted an irresistible fascination over the poet insofar as it reinforced his own impulse of the moment toward dissociation from the immediate past and separation from himself. But this uprooting and disruptive experience of living in New York, which impelled the poet to the very limits of disintegration and destruction expressed in his poems, at the same time made it possible for him to find his way back to the Granada village of his childhood where people lived close to the soil and instinctively knew what was really important in life. Lorca

1 "Panorama ciego de Nueva York," *Poeta en Nueva York, Obras completas*, VII, 39.

himself reveals this effect of his loneliness in New York in the *Poemas de la soledad en Columbia University,* especially in "Intermedio," in which he comes to see the world again with his eyes of 1910:

Aquellos ojos míos del mil novecientos diez
no vieron enterrar a los muertos,
ni la feria de ceniza del que llora por la madrugada,
ni el corazón que tiembla arrinconado como un caballito de
    mar.[2]

And he enumerates the objects upon which his eyes rested at that time and he evokes, in August 1929, the feelings they aroused nineteen years before.

Sitting in his Columbia dormitory room, the floodgate of submerged memories is released and he ardently recalls every object, sound and scent of his childhood: the honeysuckle and oleander, rockrose shrubs and river rushes, the fragrance of lemon, mint and thyme in the breeze, the little white village, all joy and optimism, on the *vega* that encircles Granada; and he recalls with heightened vividness the people of flesh and bone and all they used to say, with their salty humor and earthbound images. Throughout his childhood and adolescence, all through the first twenty years of his life in the village of Fuentevaqueros or in the city of Granada, he had taken in all these visual and aural impressions which he now nostalgically relives and recreates in his play about the prodigious wife of a shoemaker. And although Lorca manifests exceptional insight and empathy in all his female characters, it is only with the Zapatera that he succeeds in completely identifying himself, and she is,

[2] *Poeta en Nueva York,* p. 12.

in many essential ways, young Lorca, in her zest for living which, when frustrated, becomes exasperation or despair, in her eager joy which alternates with nostalgic melancholy, in her lightning changes of mood from laughter to tears, her passionate outbursts when her dream world is brought into conflict with brute reality; and the poet treats her with the irony and affection he felt for his own youthful self.

Another way in which Lorca kept Spain alive within him while he was in New York, another means of preserving himself from the destructive forces that surrounded him, was by playing and singing Spanish folk songs for large circles of friends and admirers with many of whom this music was his only form of communication. He unfailingly captivated every audience wherever he played the piano, sang the *cante jondo* of Andalusia, or recited his own poetry; all who ever heard him, speak of the magic of his performance and even of his presence which arose out of his intense and glowing aliveness. His friend and contemporary, the poet Cernuda, conveys in a few memorable and evocative phrases something of the effect Lorca had on people:

Recuerdo que al entrar en cualquier salón, sobre los rostros de las gentes que allí estaban, por insensibles o incapaces que fueran respecto a la poesía, pasaba esa vaga alegría que anima cuando el sol, rasgando con sus rayos la niebla, las envuelve de luz. Al marcharse un súbito silencio caía sobre todos. No puedo pensar en lo que para muchos será España sin él. ¡Qué seca y árida parecerá su llanura! ¡Qué amargo y solitario su mar! . . .[3]

[3] *Hora de España,* XVIII, junio 1938, pp. 18–19.

The tragedy of Lorca's death, which Cernuda so poignantly expresses, was felt by everyone who spoke or knew Spanish. The terrible and incredible news that Federico, as all his friends called him, had been shot in cold blood in the outskirts of his own Granada in the early days of the Spanish Civil War stunned the whole world. The violence and brutality of his end enhanced the legend of the poet that had already been woven during his lifetime and for many he became, quite understandably, the symbol of the struggle of the Spanish people against the forces of oppression and injustice. Fervent in the love of his people, rooted in the Spanish earth, he inevitably expressed in his poetry, in highly condensed and concentrated form, all the fears and hatred, frustrations and longing of the Spaniards of his time and all times. When he voiced his own passionate love of freedom and impulse to revolt, he gave expression to the feelings of great numbers of inarticulate Spaniards who felt that he was speaking for them. However, the specific political and social interpretations which circumstances force on his work were certainly not consciously intended by the poet. Lorca was apolitical and never affiliated himself with any group or party; his assassination by the forces of reaction can only be explained, if at all, by the wider implications of his work and especially by his extraordinary popularity. There is nothing in his work, or in his life, to justify his being considered a poet of any revolution. What he was, supremely, was a poet of his people, to whose timeless values and traditions he gave new and incandescent form. Totally Spanish, to the very marrow of his bones, he nevertheless abhorred nationalism; in a conversation with the Spanish cartoonist Bagaría, he clearly stated his creed:

Odio al español que es español por ser español nada más. Yo soy hermano de todos y execro al hombre que se sacrifica por una idea nacionalista abstracta, por el solo hecho de que ama a su patria con una venda en los ojos. El chino bueno está más cerca de mí que el español malo. Canto a España y la siento hasta la médula; pero antes que esto soy hombre del mundo, hermano de todos. Desde luego, no creo en la frontera política.[4]

The Life and Works of García Lorca

1899–1919

In García Lorca the harmony and interaction of poet and work are so complete and constant that one must inevitably treat them together. From his early childhood, the simplest facts and circumstances of his life are the fecund ingredients of his whole later production.

Federico García Lorca was born on June 5, 1899, in Fuentevaqueros, a village in the province of Granada. His father, Don Federico García Rodríguez, a well-to-do farmer, handed on to his son his own love of the land; and an inveterate reader of the *Quixote,* he initiated the child in the reading of that great book, which may have kindled his awareness of the conflict between reality and fantasy, a theme that pervades so many of his writings. His mother, Doña Vicenta Lorca, a former schoolteacher, sensitive and intelligent, early recognized and fostered her son's gifts in music and poetry. His childhood, steeped in the warmest affection and devotion of his family, especially of

[4] Quoted by Alfredo de la Guardia, *García Lorca . . . ,* p. 69.

his mother, to whom he always remained very close, seems to have been very happy; he refers to it in the Foreword he wrote in 1921 to his first collection of poems as "mi infancia apasionada correteando desnuda por las praderas de una vega, sobre un fondo de serranía." [5] An illness in his infancy, which immobilized him for some time, led him to develop the contemplative side of his nature and stimulated his imagination to create strange and private worlds. Music early fascinated him and he learned folk-songs before he knew how to read or write. His sense of the dramatic was already evident in his childhood play; he was extremely fond of constructing little altars and theatres and would make the family and servants listen to the sermons and plays he improvised. It is significant, as his brother Francisco tells, that with the first money that he was given to spend on a game he bought a toy theatre. From his earliest poems, the dramatic is intermingled with the lyrical; like so many of the greatest Spanish poets and artists—notably Goya—he sees life as drama and the world as a theatre. About the writing of plays he will learn something from his reading of ancient Greek tragedies and modern foreign plays, and a great deal from the national creators of the folk drama from Juan del Encina and Gil Vicente to Cervantes and Lope de Vega. But the living substance of his own drama he stores away in his childhood, all that he hears from nurses, servants, villagers, members of the family: folklore and songs, words and images, copious and magnificent. In *La zapatera prodigiosa* there are many expressions recalled from his childhood; one, for example, *cuca silvana,* meaning "go away," was, according to the poet's brother, one that their father

[5] *Obras completas,* II, 16.

used but that he has never heard from anyone else.

Lorca's formal education does not seem to have either helped or hindered his writing poetry; he was educated in Granada, at the Sagrado Corazón de Jesús, and at the University, where he studied Letters and Law and from which he eventually, after some interruptions, received a degree in Law in 1923. He himself averred that at the University he had failed in Literature and in the History of the Spanish Language, which is indeed ironical. Lorca, however, was not a student in the academic sense; he taught himself what he required by reading and by listening to his many devoted friends. One of them, the composer Falla, encouraged him to work on his music; Falla later declared that had he chosen to dedicate himself to music, he would have made an even greater composer and musician than writer. Another friend, his teacher Don Fernando de los Ríos, urged him to spend some time in the capital where he would meet the celebrated writers of the day and come to know their work directly.

1919–1930

Lorca was twenty when he went to live in the Residencia de estudiantes in Madrid. He had already written one prose work, *Impresiones y paisajes,* the travel impressions he had gathered during a student tour of Spain; and he brought with him many of the poems and songs which were to be published in his first collection, *Libro de poemas,* in 1921, in which, as he himself says, are expressed the ardor, torture and anxieties of his adolescence. These same feelings of the young poet, as we have already indicated, find expression in our play and against the identical background, the *vega* of Granada. In his earliest verses, we see already and quite distinctly, some of the main paths which the poet's sensibility and imagination will follow in elaborating his more mature poems; there will, to be sure, be some deviations and bypaths; new trails will be explored as he comes into contact with the Spanish poetry of his time, a period extraordinarily rich in great poets of several age-groups—Unamuno, the brothers Machado, Juan Ramón Jiménez, then Pedro Salinas, Jorge Guillén, and finally, nearer his own age, Vicente Aleixandre, Alberti, Cernuda and others; but if their poetry leads him momentarily along new ways, these will be made to converge eventually upon his own true and inalterable course.

In 1920 Lorca's first play was produced in Madrid, *El maleficio de la mariposa;* its text has been lost, but from accounts of the contemporaries who saw it, one can see that it would have failed with an audience that was totally unprepared for so audacious an experiment. The Spanish theatre of the twenties offered, for the most part, the conventional plays of Benavente, Marquina and others. Only the Teatro Eslava, under the direction of Martínez Sierra, was experimental and there Lorca's play was given. At the Eslava, too, the poet assisted the director and the composer Falla in staging the celebrated ballet now called *The Three-Cornered Hat;* it may well have provided the generating idea of *La zapatera prodigiosa,* for the two works are somewhat alike in theme and spirit; the ballet version by Martínez Sierra was based on Alarcón's novel *El sombrero de tres picos.* However, of the plays then being written in Madrid, those that exerted the greatest influence on Lorca were the farces and *esperpentos* by

Valle-Inclán. In comparing *Los cuernos de Don Friolera* with *La zapatera prodigiosa,* we find in both the same use of the "Romance de ciego" to sum up the action of the play and the similar role of the Beata, but the tone and main characters are totally different, for what is irony in Lorca is burlesque and caricature in Valle-Inclán; yet in the highly original and unconventional dramas of the Galician writer Lorca found precisely those poetic and fantastic elements which he felt needed to be restored to modern drama.

Seven years passed before Lorca ventured to present another play, *Mariana Pineda, Romance popular en tres estampas.* In this same year, 1927, his *Canciones,* written between 1921 and 1924, were published. Lorca was always reluctant to have his works printed but his poems were well known long before they came out, either through his recitation of them or through the manuscript copies that circulated among his friends, with the result that his reputation was established before his major works appeared and before the production of *Mariana Pineda.* This play was fairly well received; however, the poet attributed what seemed to him the sluggish response of the public to the fact that it had long been accustomed to literal, realistic slice-of-life plays and had lost the imaginative power to penetrate an author's deeper meaning.

In the following year, the publication of the gypsy ballad book, *Romancero gitano,* brought the poet acclaim from both the general public and the select literary minority. It was the sensational success of this book that led Lorca, as we have seen, to leave Spain and temporarily abandon popular themes. His collection of deep song, *Poema del cante jondo,* though published in 1931, had actually been written in 1921 and 1922. Immersed though he was in folk themes and traditional forms, he cherished his freedom to make with them what he desired. He therefore rejected, in 1928, a popularity that seemed permanently to place him in the category of simple and spontaneous poets whose verses everyone recited. For Lorca always had a rigorous artistic conscience; he was acutely aware of the process of poetic creation and was remarkably articulate about the means and ends of the poet, especially in his illuminating essay, "La imagen poética en Don Luis de Góngora," in which he states:

El estado de inspiración es un estado de recogimiento pero no de dinamismo creador. Hay que reposar la visión del concepto para que se clarifique. No creo que ningún gran artista trabaje en estado de fiebre . . . La inspiración da la imagen, pero no el vestido. Y para vestirla hay que observar ecuánimemente y sin apasionamiento peligroso la calidad y sonoridad de la palabra.[6]

He holds, with Góngora and Marcel Proust, that "only the metaphor can give a kind of eternity to style." And after giving a luminous interpretation of some of the verses of the Golden Age poet, he concludes that Góngora wrote difficult poetry not out of contempt for the ordinary reader but because of his anguished desire—which was Lorca's as well—to create a work that would survive the ravages of time.

Lorca was equally conscious and lucid in his statements about the drama. His was not an archeological or erudite concern with the history of the Spanish theatre, but rather with its poetic resources across the centuries and its po-

[6] *Obras completas*, VII, 102–3.

tentialities for our time. Repeatedly he states his dramatic credo and his specific demands on the audience. First of all, he requires, as the author's right, the total and rapt attention of the spectators. In the Prologue to our play, he first addresses the audience as "Respetable público" but then withdraws the adjective, lest it be thought that the author is asking for indulgence when all that he requests is attention. And he describes the kind of attention he expects, in his farce *Retablillo de Don Cristóbal:*

> Hombres y mujeres, atención; niño cállate. Quiero que haya un silencio tan profundo que oigamos el glú-glú de los manantiales. Y si un pájaro mueve un ala, que también le oigamos, y si una hormiguita mueve la patita, que también la oigamos, y si un corazón late con fuerza, nos parezca una mano apartando los juncos de la orilla . . .[7]

The audience, listening with intense concentration, should be disposed to receive any kind of impression the poet communicates, be it ever so fabulous. In our Prologue, again, he says that people should not be frightened if a tree should turn into a ball of smoke or if three fish should be converted into three million. Lorca insists on the absolute right of the poet to transform external reality as he sees fit:

> Un gato puede ser una rana, y la luna de invierno puede ser muy bien un haz de leña cubierto de gusanos ateridos. El público se ha de dormir en la palabra, y no ha de ver a través de la columna las ovejas que balan y las nubes que van por el cielo.[8]

[7] *Obras completas,* I, 189.
[8] "El público," *Obras completas,* VI, 128–9.

The audience, in short, must enter wholeheartedly into the illusory world the dramatist creates, and accept and live everything that goes on in it.

The dramatist, for his part, must reveal in his poetic creation the whole human drama through characters of flesh and blood, real people clothed in poetry. For Lorca, drama was not only a literary form but a kind of cultural barometer and a powerful instrument of social education:

> Un teatro sensible y bien orientado en todas sus ramas, desde la tragedia al vodevil, puede cambiar en pocos años la sensibilidad del pueblo; y un teatro destrozado, donde las pezuñas sustituyen a las alas, puede achabacanar y adormecer a una nación entera.[9]

It was because he believed in this mission of the theatre, and in his own vocation for it as well, that he dedicated his last years almost exclusively to it, not only writing plays, but staging them for immense audiences.

Lorca returned from America, after some months of lecturing in Cuba and exploring popular melodies and rhythms there, in the summer of 1930. At the end of the year, *La zapatera prodigiosa* was successfully produced in Madrid. It is his first play in which the dramatic elements clearly predominate over the lyrical. In *Mariana Pineda,* the spectators heard, in enchanting verses, about the love of the Romantic heroine and of the voluntary sacrifice of her life for her lover and liberty; but the scenes are somewhat static—they are prints, as the author himself characterized them—and the historical theme, except for its general and probably unintended implications, was not

[9] "Charla sobre teatro," *Obras completas,* VII, 184.

easily accessible to the wider public at its first performance. In *La zapatera prodigiosa,* in a real village whose name it is unnecessary to give, for it could be any Andalusian, or for that matter almost any Spanish, village, a real person and one of Lorca's most animated and complete female characters has the central role. This folk comedy engages the reader's or spectator's attention from the very Prologue in which the Author appears and takes him into his confidence and invites his collaboration, and it holds his attention through the two lively acts by its very human theme and by a number of dramatic devices, as we shall see. Lorca wrote two other farces, *Amor de Don Perlimplín,* and *Retablillo de Don Cristóbal,* more original than *La zapatera prodigiosa,* but too contrived to appeal to more than the limited audience that is interested in experimental plays. Another play of this period, never produced or even published in Lorca's lifetime, was *Así que pasen cinco años,* one of his most poetic plays but so unconventional that it could probably never attract the wider audience that enjoyed our boisterous folk comedy.

For this wider audience, Lorca directed, in collaboration with Eduardo Ugarte, a troupe of university players called "La Barraca," and staged in many villages and towns of Spain some of the greatest national dramas, *Fuente ovejuna* of Lope de Vega, Calderón's *La vida es sueño,* Tirso de Molina's *El burlador de Sevilla,* and the *entremeses* of Lope de Rueda and Cervantes. This ambulatory theatre was subsidized by the Spanish Republic, through its Ministry of Education under Don Fernando de los Ríos; and to this magnificent enterprise, Lorca contributed not only as director but as author, stage manager and even as actor. And he succeeded not only in presenting great Spanish classical plays and his own that continued that glorious tradition but in creating a great audience—hitherto nonexistent in faraway villages, or in cities, impotent and stultified—that enjoyed them. Lorca realized that the most crucial problem of the modern theatre everywhere was commercialism:

> Mientras que actores y autores estén en manos de empresas absolutamente comerciales, libres y sin control literario ni estatal de ninguna especie, empresas ayunas de todo criterio y sin garantía de ninguna clase, actores, autores, y el teatro entero se hundirán cada día más, sin salvación posible.[10]

This conviction expressed in 1935 had already been anticipated in our Prologue. In the intervening years, Lorca unremittingly strove to create an art theatre, for the great public, free from the shackles of box-office.

During these same years, Lorca wrote his three folk tragedies, *Bodas de sangre, Yerma,* and *La casa de Bernarda Alba*—the latter only recently published and produced—and one full-length comedy of manners, *Doña Rosita la soltera.* In the rural tragedies, passions, rather than persons, dominate the action; the characters are, in fact, possessed and eventually destroyed by their violent and fatal passions; their fate, however, is a force from within themselves, rather than the outer design of ruthless, all-powerful gods. In *Bodas de sangre, Tragedia en tres actos y seis cuadros* (1933), the ineradicable love of the Bride for a former sweetheart—who is now married and who comes of people who have destroyed all the male

[10] *Obras completas,* VII, 183 ff.

members of the Groom's family with the single exception of the Groom himself—impels her to run away with him just as she is about to be married; she, thus, inevitably brings about the death of both men, and the foreboding of the Groom's Mother, expressed in the opening scene of the play by her obsession with knives and death, is fulfilled. The Bride consciously wants to marry the Groom and make her life with him but she is powerless against the primitive, instinctual passion that ineluctably dominates her. The same atmosphere of doom hangs over *Yerma, Poema trágico en tres actos y seis cuadros* (1934); here it is the elemental instinct of motherhood that actuates the heroine, who finally, in despair of having a child by her impotent and indifferent husband, kills him with her own hands and destroys in the act all hope of ever having a child. In both of these tragedies, the main action is frequently interrupted and relieved by lyrical scenes and by songs. In the last drama of the trilogy, *La casa de Bernarda Alba,* however, lyrical scenes and minor motifs are all cut away and we are left with the stark main theme, the tragic effect of the traditional and now fossilized code of honor, when rigidly applied, on the lives of a family of women in a Spanish village. Bernarda Alba, a widow who feels compelled to preserve the honor of her daughters, shuts them up to sew on their trousseaux. An eligible young man comes to court the eldest daughter; the youngest falls in love with him and is determined to take him away from her wealthy and aging half-sister. When Bernarda Alba discovers that her youngest daughter is about to meet the man secretly and that he is her lover, she fires a gun at him but misses her aim; the girl, believing that he has been killed, hangs herself. The Mother, impassive and inflexible, commands that the shroud of her daughter be that of a maiden, for all the village must know that she died a virgin; nothing matters, not the destruction of her youngest daughter, not the living death she imposes on all the others, only the appearance that the honor code has been kept. Her fanatical zeal is but the outer expression of her searing and sadistic hate of all youth, love and life. Lorca's female protagonists, each of whom is the embodiment of a single instinctual passion that obliterates all other feeling and all thought, are reminiscent of the single-passion characters created by Unamuno. The predicament of each of them in the folk tragedies has no solution but destruction and ultimately self-destruction; the conflict and the eventual catastrophe are inherent in their characters; and in each case, the character of the individual is the fate which inevitably determines the action and the tragedy arises out of their helplessness to control or direct the violent passion which crushes them.

In the remaining drama, *Doña Rosita la soltera o el lenguaje de las flores* (1935), frustrated love is again the theme, here pathetic rather than tragic, for it brings about the gentle and gradual withering away of youth by time. The scene is Granada at the turn of the century, romantic and nostalgic Granada. The heroine literally spends her whole youth awaiting the return of her lover, gone to make a fortune in Peru; after fifteen years, he marries her by proxy, and after twenty, gives up all pretense of ever returning. In the meantime, Doña Rosita has been waiting for him; nothing else is real for her but the illusion of his return; she has lost awareness of the passing years and almost all contact with the present and with the world outside; and she must go on living in her illusion even when she knows there is no longer any basis or hope for it. A theme song, one of Lorca's loveliest ballads, the *Rosa mutabile,* parallels the action of the play; the rose opens in the morning, fresh and a brilliant crimson, is faded white by afternoon, and sheds its petals by night. Time inexorably takes its toll of the youth of Doña Rosita, as it does of the rose, and life passes her by. However, the pathos of her situation is not just or particularly hers, but rather the sadness, abiding and inescapable, which Lorca knows to be a part of all human existence.

All of these dramas enjoyed the widest popularity in Spain and in Argentina where Lorca spent the season of 1933–34 helping with the production of his plays and giving lectures to cultural societies. So deep and vital was the impression that he left there, that many years after his visit and some years even after his death, people in Buenos Aires who had heard him, spoke of him, recalling every gesture and anecdote, as though he had just been there the day before. Abroad, his plays have been and are being given in several languages. *La zapatera prodigiosa* is frequently performed, in London, Paris and here in this country, by university players or in experimental art theatres.

In addition to the plays, Lorca composed during these last years of his short life the poems of the posthumous collection *Diván del Tamarit* and his elegy on the death of his friend the great bullfighter, *Llanto por Ignacio Sánchez Mejías* (1934); the latter, a kind of tragedy in four brief acts in which the death of his friend forces itself, in successive stages—from the moment of the goring by the bull to the sight of his shrouded body—upon the consciousness of the poet, is probably his most perfect and most deeply moving work. The poignancy of the last act or part, in which the poet suggests how desolate the world will now be without his friend, is inevitably heightened by the fact that all he says will apply equally to his own violent and senseless death two years later, and thus the closing lines of the *Elegy* are quoted by his friends to express their grief at the death of the poet himself:

> Tardará mucho tiempo en nacer, si es que nace,
> un andaluz tan claro, tan rico de aventura.
> Yo canto su elegancia con palabras que gimen
> y recuerdo una brisa triste por los olivos.

La Zapatera Prodigiosa

The tragic sense of life, the anxiety, amounting at times to obsession, over time and fate, blood and death—of which the poet even in his youthful poems feels a brooding presentiment—are expressed or intimated in the *Llanto,* in the rural tragedies and in a large proportion of Lorca's poems. These sombre feelings, however, are counterbalanced, at other moments, in the songs, in some of the drawings and paintings, and in *La zapatera prodigiosa,* by a joyous love of living; at such times, the poet sees the world with the eyes of a child, as new and fresh as a spring morning, and his laughter resounds like water falling from the fountains of Granada. This side of his nature finds superb expression in the prodigious wife of the shoemaker. We can see her, young, fair, with blond hair and black eyes—a rare and prized combination, as she herself points out—her lovely complexion and stunning figure, all energy, spirit, gaiety; so irrepressible is her ebullience, that she interrupts the author's speech in the Prologue, shouting, "I want to come on." We hear her laughing, weeping, cajoling, singing, shrieking insults at the neighbors or at her poor husband, talking incessantly and marvelously in a language which for its combination of earthiness and imagery has perhaps no equal. At times, she is sweet, gentle and ingenuous like the Child who is her closest, her only friend in the village, and then a second later, she turns bitter and shrewish when some inescapable fact of harsh reality intrudes upon her world of reverie and fantasy. At eighteen, like any starved adolescent in love with love, the glamorous daydreams about handsome young suitors—who arrive on black ponies covered with little tassels and mirrors, and with spurs of shiny copper—are infinitely more real and satisfying to her than her timorous shoemaker husband of fifty-three. Her imagination plays such tricks on her that after her husband, weary of their endless quarrels, has left her and been absent some months, she identifies his image with those of the imagined suitors and she tells the incredulous Child that the Shoemaker, when he courted her, came on a white pony, handsome in his tight-fitting black suit, red silk tie and dazzlingly brilliant gold rings. And as the absence continues, the image is elaborated and enhanced. She spurns the real suitors who besiege her; now that she is alone and apparently free, she does not allow anyone to flirt with her as she used to when her husband was there, much to his exasperation. To be sure, she is as provocative as ever, in her flame-red dress and bare arms; but it would never occur to her to be unfaithful because "una mujer casada debe estarse en su sitio como Dios manda . . . Decente fuí y decente lo seré. Me comprometí con mi marido. Pues hasta la muerte." When the pompous Mayor, a persistent suitor, chides her that her husband does not love her and will never come back, she turns him down, costly gifts and all, making him feel like the old fool that he is. And she is determined to wait until her husband returns even if her whole head of hair turns gray in the meantime. When he does actually return and the image of a gallant young husband comes up against the real shoemaker full of wrinkles, she is taken aback for a moment, but she is happy to see him, to have again someone at her side in this cold and lonely world; and she promises him a hard life, which she will undoubtedly continue to give him, but which he now cheerfully accepts after his unhappy experiences with the coarse sheets and bad meals of roadside inns.

This theme of the unhappy but faithful young wife is a traditional folk theme early found in popular literature. Don Ramón Menéndez Pidal cites a song whose words apply perfectly to the Zapatera's predicament:

> ¿Qué me queréis, caballero?
> casada soy, marido tengo.
> Casada soy sin ventura,
> nada ajena de tristura;
> y pues hice tal locura,
> de mí misma me vengo.
> Casada soy, marido tengo.[11]

And if one were to draw any moral from such a light and entertaining farce as *La zapatera prodigiosa,* it could be

[11] *Flor nueva de romances viejos,* Madrid, 1928, p. 26.

condensed into the refrain Cervantes wrote for his *Juez de los divorcios:*

> más vale el peor concierto,
> que no el divorcio mejor.

Our play is very close in spirit to this *entremés,* which is one of those Lorca produced with "La Barraca," but that is quite natural since both farces are redolent of the spirit and speech of the people. The story of our play was taken from folklore, as was also that of the Miller and his wife in Alarcón's *El sombrero de tres picos.* And yet out of all these traditional folk materials, Lorca makes something new and universally appealing. He makes use of almost every type of histrionic device or art from prestidigitation and pantomime to the ballet. Ballet choreography is used in the group scenes: the Neighbors are designated only by their colors, Red, Green, Black, Purple, Yellow, and in the closing scene of Act I, they whirl their skirts to the rhythm of a dance. It is said that Lorca actually composed another shorter version of this play to be performed entirely as a ballet.

Music is used in a variety of ways, first to heighten comical effect, as when, for example, Don Mirlo arrives to pay his court, an old polka, with its rhythm comically exaggerated, is played by a flute with accompaniment of a guitar; or the arrival of the Puppeteer is announced by amusing flourishes of a trumpet; and the play ends with bells ringing furiously. Folk songs, transcribed and arranged by Lorca, are heard on several occasions: the Zapatero sings the opening lines of "Los reyes de la baraja":

Si tu madre tiene un rey,
la baraja tiene cuatro:
rey de oros, rey de copas,
rey de espadas, rey de bastos.

And the Zapatera sings the refrain of the popular song "Anda jaleo":

¡Ay, jaleo, jaleo
ya se acabó el alboroto
y vamos al tiroteo!

It is particularly funny to have her sing this just at the moment when the Zapatero has been saying to the Alcalde that he can't put up with all the *jaleo* or commotion in his household any longer. At times Lorca writes new words, corresponding to the situation in the play, that are sung to a folk tune that he has adapted, like the *Coplas,* the malicious verses that are sung about the Zapatera, insinuating all kinds of things about her, which are sung to the music of "Zorongo." [12] These songs are always interwoven with the action and form an integral part of the play.

Finally, Lorca introduces the Puppet Show in which the Puppeteer-Shoemaker recites the ballad of the Saddler and the Saddler's Wife, summarizing in burlesque fashion the whole preceding action; just as he gets to the most exciting point, when the lover of the Saddler's Wife demonstrates how he will kill her husband, the Saddler, with ten dagger-thrusts, he is interrupted by the uproar in the street outside caused by the Zapatera's suitors who

[12] See pp. 155–160. These songs were published by Don Federico de Onís in *Federico García Lorca* (Hispanic Institute, 1941), pp. 142–3, 116–7, 137–9.

are stabbing each other, or to give the Spanish image, "se están cosiendo a puñaladas." The Zapatera is greatly affected by the tale of the Saddler and his Wife, is alarmed by the action outside, enraged by the abusive comments of her Neighbors, and sorry for herself because she has no one to protect or defend her, in short, is just in the mood to welcome back her wandering husband, of whom she speaks to the Puppeteer in the most endearing terms. And she confesses how hard it is to be alone in the world, not that she's afraid of anything or anyone, no; but in the still of night, simple noises, the creaking of a dresser, heavy rain on the glass pane, take on terrifying volume and make her heart heavy with loneliness. The Zapatero, incidentally, makes the most of his disguise as a Puppeteer by saying out loud once and for all what he thinks of saucy, bossy and shrewish wives; but he, too, confesses how lonely he feels away from his home and his wife. Each reveals to the other, then, how much real affection there is between them under the stormy surface of their daily squabbles.

The Puppet Show provides hilarious entertainment; the ballet tempo and choreography give the play its animation and color. Its authenticity derives from the poet's careful use of concrete detail and the natural speech of the people. Of the characteristic dishes of the village we learn when the Zapatera boasts of "Mi cocido, con sus patatas de la sierra, dos pimientos verdes, pan blanco, un poquito magro de tocino, y arrope con calabaza y cáscara de limón para encima." Specific flowers, shrubs and fragrances are named and brought into the action as are such inevitable Andalusian motifs as the pony, the sash, the low-crowned hat, the cape lined with blue corduroy, the shiny rings; among the presents the Shoemaker gives his wife, in an effort to win her over, are coral necklaces, rings, tortoiseshell combs and even garters. Similes and metaphors are wrought from common objects: the Mozo, to describe his suffering in his love for the Zapatera, tells her he sighs for her as many times as the sunflower has seeds. The Zapatera herself is compared to a golden rush, or to a red carnation; in whiteness she is like the heart of the almond. Don Mirlo is a caricature from his very name, Blackbird; the Zapatera calls him *pajarraco,* big ugly bird, and *garabato de candil,* wire-hook of an oil-lamp, for as he jogs off and on the stage he is like a puppet on wire.

It is from the pungent speech of all the characters, the simple vernacular which Lorca recorded with utmost fidelity, that our greatest enjoyment comes. The Irish playwright Synge has observed that

> in countries where the imagination of the people, and the language they use, is rich and living, it is possible for the writer to be rich and copious in his words, and at the same time to give the reality, which is the root of all poetry, in a comprehensive and natural form.[13]

This is precisely the case of Lorca, who created his play out of the living language of the simple folk he had heard in his childhood, so that each speech has the flavor of the soil out of which it springs. Lorca could reproduce these expressions and images because he felt them deeply himself and because he shared the attitude toward life that formed them. How characteristic and amusing it is that

[13] Preface to *The Playboy of the Western World,* Boston, 1911, p. vi.

the Zapatero, every time he mentions his deceased sister, whom he blames for his unhappy marriage, says: "Mal rayo parta a mi hermana que en paz descanse!" The Zapatera, for her part, attributes her getting married to her dire financial straits and curses money, the root of all evil, in a typically Spanish way: "Ay dinero, dinero! sin manos y sin ojos debería haber quedado el que te inventó." The Zapatera is most amusing in her angry moments, for her abusive language is inexhaustibly rich and expressive; but her anger passes like a whirlwind and may be followed by a gentle poetic mood in which she recalls washing some handkerchiefs in a stream and seeing the pebbles on the bottom laugh with the ripple of the water. She is naturally gay and exuberant; her temper tantrums come with the frustration she feels when she sees her gossamer web of dreams shattered by reality, but this frustration is merely one of the inescapable hazards of living and never banishes for long her simple and elemental joy.

The total impression the play leaves is one of living reality: real language, real people, real things. In part at least this may be ascribed to the fact that the poet was writing about people in a Spanish village, for what Synge wrote about Ireland in 1907 is still true of Spain:

> In Ireland, for a few years more, we have a popular imagination that is fiery and magnificent, and tender; so that those of us who wish to write start with a chance that is not given to writers in places where the springtime of local life has been forgotten, and the harvest is a memory only, and the straw has been turned to brick.[14]

[14] Preface to *The Playboy . . .* , p. vii.

In part, too, the effect of reality can be explained by Lorca's extraordinary intensity of perception which permitted him to transcribe what he saw and heard with palpitating vividness. But in the last analysis it was his prodigious vitality and creative power that enabled him to infuse life into everything he touched, music, painting, or poetry. In poetry, to which he devoted his best efforts, he attained first rank in a period incomparably rich in great poets. In the theatre, he achieved, almost single-handed, the impossible: he freed drama from the fetters of vulgar and prosaic realism and restored to the imagination and poetry their proper place in it; he created an audience for the greatest plays of the past and the truly original plays of the present; and he brought together in his own plays the best of the national tradition and foreign innovation, the authentically popular and the consciously artistic, in short, reality and poetry.

Bibliography

Federico García Lorca, *Obras completas,* Buenos Aires, Losada, 3a ed., 1942, 7 vols. Authorized edition and Introduction by Guillermo de Torre; our text and all quotations are taken from this edition.

Federico García Lorca (1899–1936), N. Y., Hispanic Institute, 1941: Angel del Río, *Vida y obra;* Sidonia C. Rosenbaum, *Bibliografía;* Federico de Onís, *Lorca, folklorista;* this is the basic study on Lorca's life and work.

The list of Lorca translations and studies is already very long; we list only a few of the books and articles that the American student will find most useful.

Translations:

Poems, trans. by Stephen Spender and J. L. Gili; Selection and Introduction by R. M. Nadal, London, The Dolphin, 1939; also, N. Y., Oxford, 1939.

The Poet in New York and Other Poems, trans. by Rolfe Humphries; introduction by José Bergamín, trans. by Hershel Brickell, N. Y., Norton, 1940.

From Lorca's Theatre, trans. by Richard L. O'Connell and James Graham, N. Y., Scribner's, 1941. Includes *The Shoemaker's Prodigious Wife, The Love of Don Perlimplín, If Five Years Pass, Yerma,* and *Doña Rosita the Spinster.*

Three Tragedies of Lorca, trans. by Richard L. O'Connell and James Graham-Luján, Introduction by the Poet's Brother Francisco, New Directions, 1947.

Studies: Books

Barea, Arturo, *Lorca, The Poet and His People,* N. Y., Harcourt [1949].

Díaz-Plaja, Guillermo, *Federico García Lorca,* Buenos Aires, Kraft, 1948.

Guardia, Alfredo de la, *García Lorca, persona y creación,* Buenos Aires, Sur, n.d.

Honig, Edwin, *García Lorca,* New Directions, 1944.

Sánchez, Roberto G., *García Lorca, estudio sobre su teatro,* Madrid, 1950.

And on his drawings, with reproductions:

Prieto, Gregorio, *Dibujos de García Lorca,* Madrid, Afrodisio Aguado, 1949; also English edition, *García Lorca as a Painter,* trans. by J. McLachlan and J. D. Beazley, London, n.d.

Articles:

Aleixandre, Vicente, "Federico", *Hora de España,* VII, julio 1937.

Alonso, Dámaso, "Federico García Lorca y la expresión de lo español", in *Ensayos sobre poesía española,* Madrid, Revista de occidente, 1944, pp. 341–50.

Cernuda, Luis, "Federico García Lorca, Recuerdo", *Hora de España,* XVIII, junio 1938.

Salinas, Pedro, "Lorca and the Poetry of Death", *The Hopkins Review,* Fall 1951.

La Zapatera Prodigiosa

FARSA VIOLENTA EN DOS ACTOS

Personajes

ZAPATERA
VECINA ROJA
VECINA MORADA
VECINA NEGRA
VECINA VERDE
VECINA AMARILLA
BEATA 1ª
BEATA 2ª
SACRISTANA
EL AUTOR
ZAPATERO
EL NIÑO
ALCALDE
DON MIRLO
MOZO DE LA FAJA
MOZO DEL SOMBRERO
VECINAS, BEATAS, CURAS Y PUEBLO

Prólogo

(*Cortina gris.*)

(*Aparece el autor. Sale rápidamente. Lleva una carta en la mano*):

El Autor: Respetable público . . . (*pausa*). No, respetable público no, público solamente, y no es que el autor no considere al público respetable, todo lo contrario, sino que detrás de esta palabra hay como un delicado temblor de miedo y una especie de súplica para que el auditorio sea generoso [1] con la mímica de los actores y el artificio del ingenio. El poeta no pide benevolencia, sino atención, una vez que ha saltado hace mucho tiempo la barra espinosa de miedo que los autores tienen a la sala. Por este miedo absurdo y por ser [2] el teatro en muchas ocasiones una finanza, la poesía se retira de la escena en busca de otros ambientes donde la gente no se asuste de que un árbol, por ejemplo, se convierta [3] en una bola de humo o de que tres peces, por amor de una mano y una palabra, se conviertan en tres millones de peces para calmar el hambre de una multitud. El autor ha preferido poner el ejemplo dramático en el vivo ritmo de una zapaterita [4] popular.

En todos los sitios late y anima la criatura poética que el autor ha vestido de zapatera con aire de refrán o simple romancillo y no se extrañe el público [5] si aparece violenta o toma actitudes agrias porque ella lucha siempre, lucha con la realidad que la cerca y lucha con la fantasía cuando ésta se hace realidad visible. (*Se oyen voces* [6] *de la* Zapatera: ¡Quiero salir!) ¡Ya voy! No tengas tanta impaciencia en salir; [7] no es un traje de larga cola y plumas inverosímiles el que sacas, sino un traje roto, ¿lo oyes?, un traje de zapatera. (*Voz de la* Zapatera *dentro.*) ¡Quiero salir! ¡Silencio! (*Se descorre la cortina y aparece el decorado con tenue luz.*) También amanece así todos los días sobre las ciudades, y el público olvida su medio mundo de sueño para entrar en los mercados como tú en tu casa, en la escena, zapaterilla prodigiosa. (*Va creciendo* [8] *la luz.*) A empezar, tú llegas de la calle. (*Se oyen las voces que pelean. Al público*): Buenas noches. (*Se quita el sombrero de copa y éste se ilumina por dentro con una luz verde, el autor lo inclina y sale de él un chorro de agua. El autor mira un poco cohibido al público y se retira de espaldas lleno de ironía.*) Ustedes perdonen. (*Sale.*)

~~~~~~~~~~~~~~~~~~~~~~~

Acto Primero

(Casa del Zapatero. Banquillo y herramientas. Habitación completamente blanca. Gran ventana y puerta. El foro es una calle también blanca con algunas puertecitas y ventanas en gris. A derecha e izquierda, puertas. Toda la escena tendrá un aire de optimismo y alegría exaltada en 5 *los más pequeños detalles. Una suave luz naranja de media tarde invade la escena.*

Al levantarse el telón la Zapatera *viene de la calle toda furiosa y se detiene en la puerta. Viste un traje verde rabioso y lleva el pelo tirante, adornado con dos grandes* 10 *rosas. Tiene un aire agreste y dulce al mismo tiempo.)*

ZAPATERA: Cállate, larga de lengua, penacho de catalineta, que [9] si yo lo he hecho . . . si yo lo he hecho, ha sido por mi propio gusto . . . Si no te metes dentro de tu casa te hubiera arrastrado,[10] viborilla empolvada; y 15 esto lo digo para que me oigan todas las que están detrás de las ventanas. Que más vale estar casada con un viejo, que con un tuerto, como tú estás. Y no quiero más conversación, ni contigo ni con nadie, ni con nadie, ni con nadie. (*Entra dando un fuerte portazo.*) Ya sabía 20 yo que con esta clase de gente no se podía hablar ni un segundo . . . pero la culpa la tengo yo, yo y yo . . .
~~~~~~~~~~~~~~~~~~~~~~~

que debí estarme [11] en mi casa con . . . casi no quiero creerlo, con mi marido. Quién me hubiera dicho a mí,[12] rubia con los ojos negros, que hay que ver el mérito que esto tiene, con este talle y estos colores tan hermosísi-
5 mos, que me iba a ver casada con . . . me tiraría del pelo.[13] (*Llora. Llaman a la puerta.*) ¿Quién es? (*No responden y llaman otra vez.*) ¿Quién es? (*Enfurecida.*)

NIÑO (*temerosamente*): Gente de paz.

ZAPATERA (*abriendo*): ¿Eres tú? [14] (*Melosa y conmovida.*)

10 NIÑO: Sí, señora Zapaterita. ¿Estaba usted llorando?

ZAPATERA: No, es que un mosco de esos que hacen piiiii, me ha picado en este ojo.

NIÑO: ¿Quiere usted que le sople?

ZAPATERA: No, hijo mío, ya se me ha pasado . . . (*le*
15 *acaricia.*) ¿Y qué es lo que quieres?

NIÑO: Vengo con estos zapatos de charol, costaron cinco duros, para que los arregle su marido. Son de mi hermana la grande, la que tiene el cutis fino y se pone dos lazos, que tiene dos, un día uno y otro día otro, en la
20 cintura.

ZAPATERA: Déjalos ahí, ya los arreglarán.[15]

NIÑO: Dice mi madre que tenga [16] cuidado de no darles muchos martillazos, que el charol es muy delicado, para que no se estropee el charol.

25 ZAPATERA: Díle a tu madre que ya sabe mi marido lo que tiene que hacer, y que así supiera ella aliñar [17] con laurel y pimienta un buen guiso como mi marido componer zapatos.

NIÑO (*haciendo pucheros*): No se disguste usted conmigo, que yo no tengo la culpa y todos los días estudio muy bien la gramática.

ZAPATERA (*dulce*): ¡Hijo mío! ¡Prenda mía! ¡Si contigo no es nada! (*Lo besa.*) Toma este muñequito, ¿te gusta? 5 Pues llévatelo.

NIÑO: Me lo llevaré, porque como yo sé que usted no tendrá nunca niños . . .

ZAPATERA: ¿Quién te dijo eso?

NIÑO: Mi madre lo hablaba el otro día, diciendo: la za- 10 patera no tendrá hijos, y se reían mis hermanas y la comadre Rafaela.

ZAPATERA (*nerviosamente*): ¿Hijos? Puede que los tenga [18] más hermosos que todas ellas y con más arranque y más honra, porque tu madre . . . es menester 15 que sepas . . .[19]

NIÑO: Tome usted el muñequito, ¡no lo quiero!

ZAPATERA (*reaccionando*): No, no, guárdalo, hijo mío . . . ¡Si contigo no es nada!

(*Aparece por la izquierda el* Zapatero. *Viste traje de ter-* 20 *ciopelo con botones de plata, pantalón corto y corbata roja. Se dirige al banquillo.*)

ZAPATERA: ¡Válgate Dios! [20]

NIÑO (*asustado*): ¡Ustedes se conserven bien! ¡Hasta la vista! ¡Que sea enhorabuena! ¡Deo gratias! (*Sale co-* 25 *rriendo por la calle.*)

ZAPATERA: Adiós, hijito. Si hubiera reventado antes de

nacer, no estaría pasando estos trabajos [21] y estas tribulaciones. ¡Ay dinero, dinero!, sin manos y sin ojos debería haberse quedado el que te inventó.

ZAPATERO (*en el banquillo*): Mujer, ¿qué estás di-
5 ciendo . . . ?

ZAPATERA: ¡Lo que a ti no te importa!

ZAPATERO: A mí no me importa nada de nada. Ya sé que tengo que aguantarme.

ZAPATERA: También me aguanto yo . . . piensa que
10 tengo dieciocho años.

ZAPATERO: Y yo . . . cincuenta y tres. Por eso me callo y no me disgusto contigo . . . ¡demasiado sé yo . . . ! Trabajo para ti . . . y sea lo que Dios quiera . . .[22]

ZAPATERA (*está de espaldas a su marido y se vuelve y*
15 *avanza tierna y conmovida*): Eso no, hijo mío . . . ¡no digas . . . !

ZAPATERO: Pero, ¡ay, si tuviera cuarenta años o cuarenta y cinco, siquiera . . . ! (*Golpea furiosamente un zapato con el martillo.*)

20 ZAPATERA (*enardecida*): Entonces yo sería tu criada, ¿no es esto? Si una no puede ser buena . . . ¿Y yo?, ¿es que no valgo nada?

ZAPATERO: Mujer . . . repórtate.

ZAPATERA: ¿Es que mi frescura y mi cara no valen todos
25 los dineros de este mundo?

ZAPATERO: Mujer . . . ¡que te van a oír los vecinos!

ZAPATERA: Maldita hora, maldita hora, en que le hice caso a mi compadre Manuel.

ZAPATERO: ¿Quieres que te eche un refresquito de limón?

ZAPATERA: ¡Ay, tonta, tonta, tonta! (*Se golpea la frente.*) Con tan buenos pretendientes como yo he tenido.

ZAPATERO (*queriendo suavizar*): Eso dice la gente.

ZAPATERA: ¿La gente? Por todas partes se sabe. Lo mejor de estas vegas.[23] Pero el que más me gustaba a mí de todos era Emiliano . . . tú lo conociste . . . Emiliano, que venía montado en una jaca negra, llena de borlas y espejitos, con una varilla de mimbre en su mano y las espuelas de cobre reluciente. ¡Y qué capa traía por el invierno! ¡Qué vueltas de pana azul y qué agremanes de seda!

ZAPATERO: Así tuve yo una también . . . son unas capas preciosísimas.

ZAPATERA: ¿Tú? ¡Tú qué ibas a tener! . . .[24] Pero, ¿por qué te haces ilusiones? Un zapatero no se ha puesto en su vida una prenda de esa clase . . .

ZAPATERO: Pero, mujer, ¿no estás viendo . . . ? [25]

ZAPATERA (*interrumpiéndole*): También tuve otro pretendiente . . . (*El* Zapatero *golpea fuertemente el zapato.*) Aquél era medio señorito . . . tendría dieciocho años,[26] ¡se dice muy pronto! ¡Dieciocho años! (*El* Zapatero *se revuelve inquieto.*)

ZAPATERO: También los tuve yo.

ZAPATERA: Tú no has tenido en tu vida dieciocho años . . . Aquél sí que los tenía [27] y me decía unas cosas . . . Verás . . .

ZAPATERO (*golpeando furioso*): ¿Te quieres callar? Eres mi mujer, quieras o no quieras,[28] y yo soy tu esposo.

Estabas pereciendo, sin camisa, ni hogar. ¿Por qué me has querido? ¡Fantasiosa, fantasiosa, fantasiosa!

ZAPATERA (*levantándose*): ¡Cállate! No me hagas hablar más de lo prudente y ponte a tu obligación. ¡Parece 5 mentira! (*Dos vecinas con mantilla cruzan la ventana sonriendo.*) ¿Quién me lo iba a decir, viejo pellejo, que me ibas a dar tal pago? ¡Pégame, si te parece, anda, tírame el martillo!

ZAPATERO: Ay, mujer . . . no me des escándalos, ¡mira 10 que viene la gente! ¡Ay, Dios mío! (*Las dos vecinas vuelven a cruzar.*)

ZAPATERA: Yo me he rebajado. ¡Tonta, tonta, tonta! Maldito sea mi compadre Manuel, malditos sean los vecinos, tonta, tonta, tonta. (*Sale golpeándose la cabeza.*)

15 ZAPATERO (*mirándose en un espejo y contándose las arrugas*): Una, dos, tres, cuatro . . . y mil. (*Guarda el espejo.*) Pero me está muy bien empleado, sí señor. Porque vamos a ver: ¿por qué me habré casado? Yo debí haber comprendido, después de leer tantas novelas, que 20 las mujeres les gustan a todos los hombres, pero todos los hombres no les gustan a todas las mujeres. ¡Con lo bien que yo estaba! [29] Mi hermana, mi hermana tiene la culpa, mi hermana que se empeñó: "que si te vas a quedar solo", que si qué sé yo! Y esto es mi ruina. ¡Mal 25 rayo parta a mi hermana, que en paz descanse! [30] (*Fuera se oyen voces.*) ¿Qué será?

VECINA ROJA (*en la ventana y con gran brío. La acompañan sus hijas vestidas del mismo color*): Buenas tardes.

30 ZAPATERO (*rascándose la cabeza*): Buenas tardes.

Vecina: Díle a tu mujer que salga. Niñas, ¿queréis no llorar más? [31] ¡Que salga, a ver si por delante de mí casca tanto como por detrás!

Zapatero: ¡Ay, vecina de mi alma, no me dé usted escándalos, por los clavitos de Nuestro Señor! ¿Qué quiere usted que yo le haga? Pero comprenda mi situación: toda la vida temiendo casarme . . . porque casarse es una cosa muy seria, y, a última hora, ya lo está usted viendo.

Vecina: ¡Qué lástima de hombre! ¡Cuánto mejor le hubiera ido a usted casado con gente de su clase! . . . estas niñas, pongo por caso, u otras del pueblo . . .

Zapatero: Y mi casa no es casa. ¡Es un guirigay!

Vecina: ¡Se arranca el alma! Tan buenísima sombra como ha tenido usted toda su vida.

Zapatero (*mira por si viene su mujer*): Anteayer . . . despedazó el jamón que teníamos guardado para estas Pascuas y nos lo comimos entero. Ayer estuvimos todo el día con unas sopas de huevo y perejil: bueno, pues porque protesté de esto, me hizo beber tres vasos seguidos de leche sin hervir.

Vecina: ¡Qué fiera!

Zapatero: Así es, vecinita de mi corazón, que le agradecería en el alma que se retirase.[32]

Vecina: ¡Ay, si viviera su hermana! Aquélla sí que era . . .

Zapatero: Ya ves . . . y de camino llévate tus zapatos que están arreglados. (*Por la puerta de la izquierda asoma la* Zapatera, *que detrás de la cortina espía la escena sin ser vista.*)

VECINA (*mimosa*). ¿Cuánto me vas a llevar por ellos? . . . Los tiempos van cada vez peor.

5 ZAPATERO: Lo que tú quieras . . . Ni que tire por allí ni que tire por aquí . . .

VECINA (*dando en el codo a sus hijas*). ¿Están bien en dos pesetas?

ZAPATERO: ¡Tú dirás!

10 VECINA: Vaya . . . te daré una . . .

ZAPATERA (*saliendo furiosa*): ¡Ladrona! (*Las mujeres chillan y se asustan.*) ¿Tienes valor de robar a este hombre de esa manera? (*A su marido.*) Y tú, ¿dejarte robar? Vengan los zapatos. Mientras no nos des [33] por ellos diez 15 pesetas, aquí se quedan.

VECINA: ¡Lagarta, lagarta!

ZAPATERA: ¡Mucho cuidado con lo que estás diciendo!

NIÑAS: ¡Ay, vámonos, vámonos, por Dios!

VECINA: Bien despachado vas de mujer, ¡que te aprove-20 che! (*Se van rápidamente. El* Zapatero *cierra la ventana y la puerta.*)

ZAPATERO: Escúchame un momento . . .

ZAPATERA (*recordando*): Lagarta . . . lagarta . . . qué, qué, qué . . . ¿qué me vas a decir?

25 ZAPATERO: Mira, hija mía. Toda mi vida ha sido en mí una verdadera preocupación evitar el escándalo. (*El* Zapatero *traga constantemente saliva.*)

ZAPATERA: ¿Pero tienes el valor de llamarme escandalosa, cuando he salido a defender tu dinero?

ZAPATERO: Yo no te digo más, que he huído de los escándalos, como las salamanquesas del agua fría.

ZAPATERA (*rápido*): ¡Salamanquesas! ¡Ay, qué asco!

ZAPATERO (*armado de paciencia*): Me han provocado, me han, a veces, hasta insultado, y no teniendo ni tanto así de cobarde he quedado sin alma en mi almario,[34] por el miedo de verme rodeado de gentes y llevado y traído por comadres y desocupados. De modo que ya lo sabes. ¿He hablado bien? Ésta es mi última palabra.

ZAPATERA: Pero vamos a ver: ¿a mí qué me importa todo eso? Me casé contigo, ¿no tienes la casa limpia? [35] ¿No comes? ¿No te pones cuellos y puños que en tu vida te los habías puesto? ¿No llevas tu reloj, tan hermoso, con cadena de plata y venturinas, al que te doy cuerda todas las noches? ¿Qué más quieres? Porque, yo, todo; menos esclava. Quiero hacer siempre mi santa voluntad.

ZAPATERO: No me digas . . . tres meses llevamos de casados, yo, queriéndote . . . y tú, poniéndome verde. ¿No ves que ya no estoy para bromas?

ZAPATERA (*seria y como soñando*): Queriéndome, queriéndome . . . Pero (*brusca*) ¿qué es eso de queriéndome? ¿Qué es queriéndome?

ZAPATERO: Tú te creerás que yo no tengo vista y tengo. Sé lo que haces y lo que no haces, y ya estoy colmado, ¡hasta aquí!

ZAPATERA (*fiera*): Pues lo mismo se me da a mí que estés

colmado como que no estés, porque tú me importas tres pitos, ¡ya lo sabes! (*Llora.*)

ZAPATERO: ¿No puedes hablarme un poquito más bajo?

ZAPATERA: Merecías, por tonto,[36] que colmara la calle a
5 gritos.

ZAPATERO: Afortunadamente creo que esto se acabará pronto; porque yo no sé cómo tengo paciencia.

ZAPATERA: Hoy no comemos . . . de manera que ya te puedes buscar la comida por otro sitio. (*La* Zapatera
10 *sale rápidamente hecha una furia.*)

ZAPATERO: Mañana (*sonriendo*) quizá la tengas que buscar tú también. (*Se va al banquillo.*)

(*Por la puerta central aparece el* Alcalde. *Viste de azul oscuro, gran capa y larga vara de mando rematada con*
15 *cabos de plata. Habla despacio y con gran sorna.*)

ALCALDE: ¿En el trabajo?

ZAPATERO: En el trabajo, señor Alcalde.

ALCALDE: ¿Mucho dinero?

ZAPATERO: El suficiente. (*El* Zapatero *sigue trabajando.*
20 *El* Alcalde *mira curiosamente a todos lados.*)

ALCALDE: Tú no estás bueno.

ZAPATERO (*sin levantar la cabeza*): No.

ALCALDE: ¿La mujer?

ZAPATERO (*asintiendo*): ¡La mujer!

25 ALCALDE (*sentándose*): Eso tiene casarse a tu edad[37] . . . A tu edad se debe ya estar viudo . . . de una, como

mínimum . . . Yo estoy de cuatro:[38] Rosa, Manuela, Visitación y Enriqueta Gómez, que ha sido la última: buenas mozas todas, aficionadas al baile y al agua limpia. Todas, sin excepción, han probado esta vara repetidas veces. En mi casa . . . en mi casa, coser y cantar. 5

ZAPATERO: Pues ya está usted viendo qué vida la mía. Mi mujer . . . no me quiere. Habla por la ventana con todos. Hasta con don Mirlo, y a mí se me está encendiendo la sangre. 10

ALCALDE (*riendo*): Es que ella es una chiquilla alegre, eso es natural.

ZAPATERO: ¡Ca! Estoy convencido . . . yo creo que esto lo hace por atormentarme; porque, estoy seguro . . . , ella me odia. Al principio creí que la dominaría con 15 mi carácter dulzón[39] y mis regalillos: Collares de coral, cintillos, peinetas de concha . . . ¡hasta unas ligas! Pero ella . . . ¡siempre es ella!

ALCALDE: Y tú, siempre tú; ¡qué demonio! Vamos, lo estoy viendo y me parece mentira cómo un hombre, lo que 20 se dice un hombre, no puede meter en cintura, no una, sino ochenta hembras. Si tu mujer habla por la ventana con todos, si tu mujer se pone agria contigo, es porque tú quieres, porque tú no tienes arranque. A las mujeres buenos apretones en la cintura, pisadas fuertes 25 y la voz siempre en alto, y si con esto se atreven a hacer kikirikí, la vara, no hay otro remedio. Rosa, Manuela, Visitación y Enriqueta Gómez, que ha sido la última, te lo pueden decir desde la otra vida, si es que por casualidad están allí. 30

ZAPATERO: Pero si el caso es que no me atrevo a decirle una cosa. (*Mira con recelo.*)

ALCALDE (*autoritario*): Dímela.

ZAPATERO: Comprendo que es una barbaridad . . .
5 pero, yo no estoy enamorado de mi mujer.

ALCALDE: ¡Demonio!

ZAPATERO: Sí, señor, ¡demonio!

ALCALDE: Entonces, grandísimo tunante, ¿por qué te has casado?

10 ZAPATERO: Ahí lo tiene usted. Yo no me lo explico tampoco. Mi hermana, mi hermana tiene la culpa. Que si te vas a quedar solo, que si qué sé yo, que si qué sé yo cuántos.[40] Yo tenía dinerillos, salud, y dije: ¡allá voy! Pero, benditísima soledad antigua. ¡Mal rayo parta
15 a mi hermana, que en paz descanse!

ALCALDE: ¡Pues te has lucido!

ZAPATERO: Sí, señor, me he lucido . . . Ahora, que yo no aguanto más. Yo no sabía lo que era una mujer. Digo, ¡usted, cuatro! Yo no tengo edad para resistir este jaleo.

20 ZAPATERA (*cantando dentro, fuerte*):

> ¡Ay, jaleo, jaleo,*
> ya se acabó el alboroto
> y vamos al tiroteo!

ZAPATERO: Ya lo está usted oyendo.

25 ALCALDE: ¿Y qué piensas hacer?

ZAPATERO: Cuca silvana.[41] (*Hace un ademán.*)

ALCALDE: ¿Se te ha vuelto el juicio?

* Song on pp. 154–155.

ZAPATERO (*excitado*): El zapatero a tus zapatos se acabó para mí. Yo soy un hombre pacífico. Yo no estoy acostumbrado a estos voceríos y a estar en lenguas de todos.

ALCALDE (*riéndose*): Recapacita lo que has dicho que vas a hacer; que tú eres capaz de hacerlo, y no seas tonto. Es una lástima que un hombre como tú no tenga [42] el carácter que debías tener. (*Por la puerta de la izquierda aparece la* Zapatera *echándose polvos con una polvera rosa y limpiándose las cejas.*)

ZAPATERA: Buenas tardes.

ALCALDE: Muy buenas. (*Al* Zapatero): ¡Como guapa, es guapísima!

ZAPATERO: ¿Usted cree?

ALCALDE: ¡Qué rosas tan bien puestas lleva usted en el pelo y qué bien huelen!

ZAPATERA: Muchas que tiene usted en los balcones de su casa.

ALCALDE: Efectivamente. ¿Le gustan a usted las flores?

ZAPATERA: ¿A mí . . . ? ¡Ay, me encantan! Hasta en el tejado tendría yo macetas, en la puerta, por las paredes. Pero a éste . . . a ése . . . no le gustan. Claro, toda la vida haciendo botas, ¡qué quiere usted! (*Se sienta en la ventana.*) Y buenas tardes. (*Mira a la calle y coquetea.*)

ZAPATERO: ¿Lo ve usted?

ALCALDE: Un poco brusca . . . pero es una mujer guapísima. ¡Qué cintura tan ideal!

ZAPATERO: No la conoce usted.

ALCALDE: ¡Psch! (*Saliendo majestuosamente*): ¡Hasta mañana! Y a ver si se despeja esa cabeza. ¡A descansar, niña! ¡Qué lástima de talle! (*Vase mirando a la* Zapatera.) ¡Porque, vamos! ¡Y hay que ver qué ondas en el pelo!
5 (*Sale.*)

ZAPATERO (*cantando*):

Si tu madre tiene un rey,*
la baraja tiene cuatro:
rey de oros, rey de copas,
10 rey de espadas, rey de bastos.

(*La* Zapatera *coge una silla y sentada en la ventana empieza a darle vueltas.*)

ZAPATERO (*cogiendo otra silla y dándole vueltas en sentido contrario*): Si sabes que tengo esa superstición, y
15 para mí esto es como si me dieras un tiro, ¿por qué lo haces?

ZAPATERA (*soltando la silla*): ¿Qué he hecho yo? ¿No te digo que no me dejas ni moverme?

ZAPATERO: Ya estoy harto de explicarte . . . pero es inú-
20 til. (*Va a hacer mutis, pero la* Zapatera *empieza otra vez y el* Zapatero *viene corriendo desde la puerta y da vueltas a su silla.*) ¿Por qué no me dejas marchar, mujer?

ZAPATERA: ¡Jesús!, pero si lo que yo estoy deseando es que
25 te vayas.

ZAPATERO: ¡Pues déjame!

ZAPATERA (*enfurecida*): ¡Pues vete! (*Fuera se oye una flauta acompañada de guitarra que toca una polquita*

* Song on pp. 156–157.

antigua con el ritmo cómicamente acusado. La Zapatera *empieza a llevar el compás con la cabeza y el* Zapatero *huye por la izquierda.*)

Zapatera (*cantando*): Larán . . . larán . . . A mí, es que la flauta me ha gustado siempre mucho . . . Yo siempre he tenido delirio por ella . . . Casi se me saltan las lágrimas . . .[43] ¡Qué primor! Larán, larán . . . Oye . . . Me gustaría que él la oyera . . . (*Se levanta y se pone a bailar como si lo hiciera con novios imaginarios.*) ¡Ay, Emiliano! Qué cintillos tan preciosos llevas . . . No, no . . . Me da vergüencilla . . .[44] Pero, José María, ¿no ves que nos están viendo? Coge un pañuelo, que no quiero que me manches el vestido. A ti te quiero, a ti . . . ¡Ah, sí! . . . mañana que traigas la jaca blanca, la que a mí me gusta. (*Ríe. Cesa la música.*) ¡Qué mala sombra! Esto es dejar a una con la miel en los labios . . .[45] Qué . . .

(*Aparece en la ventana* Don Mirlo. *Viste de negro, frac y pantalón corto. Le tiembla la voz y mueve la cabeza como un muñeco de alambre.*)

Mirlo: ¡Chisssssss!

Zapatera (*sin mirar y vuelta de espalda a la ventana*): Pin, pin, pío, pío, pío.

Mirlo (*acercándose más*): ¡Chissss! Zapaterilla blanca, como el corazón de las almendras, pero amargosilla también. Zapaterita . . . junco de oro encendido . . . Zapaterita, bella Otero de mi corazón.

Zapatera: Cuánta cosa, don Mirlo; a mí me parecía imposible que los pajarracos hablaran. Pero si anda por ahí revoloteando un mirlo negro, negro y viejo . . . sepa que yo no puedo oírle cantar hasta más tarde . . . pin, pío, pío, pío.

MIRLO: Cuando las sombras crepusculares invadan con
5 sus tenues velos el mundo y la vía pública se halle libre de transeúntes, volveré. (*Toma rapé y estornuda sobre el cuello de la* Zapatera.)

ZAPATERA (*volviéndose airada y pegando a* Don Mirlo, *que tiembla*): ¡Aaaa! (*Con cara de asco*): ¡Y aunque no
10 vuelvas,[46] indecente! Mirlo de alambre, garabato de candil . . . Corre, corre . . . ¿Se habrá visto? ¡Mira que estornudar! ¡Vaya mucho con Dios! [47] ¡Qué asco!

(*En la ventana se para el* Mozo *de la faja. Tiene el sombrero plano echado a la cara y da pruebas de gran pesa-*
15 *dumbre.*)

MOZO: ¿Se toma el fresco, zapaterita?

ZAPATERA: Exactamente igual que usted.

MOZO: Y siempre sola . . . ¡Qué lástima!

ZAPATERA (*agria*): ¿Y por qué, lástima?

20 MOZO: Una mujer como usted, con ese pelo y esa pechera tan hermosísima . . .

ZAPATERA (*más agria*): Pero, ¿por qué lástima?

MOZO: Porque usted es digna de estar pintada en las tarjetas postales y no aquí . . . este portalillo.

25 ZAPATERA: ¿Sí? . . . A mí las tarjetas postales me gustan mucho, sobre todo las de novios que se van de viaje . . .

MOZO: ¡Ay, zapaterita, qué calentura tengo! (*Siguen hablando.*)

ZAPATERO (*entrando y retrocediendo*): ¡Con todo el mundo y a estas horas! ¡Qué dirán los que vengan al rosario de la iglesia! ¡Qué dirán en el casino! ¡Me estarán poniendo! . . . En cada casa un traje con ropa interior y todo.[48] (Zapatera *ríe.*) ¡Ay, Dios mío! ¡Tengo razón para marcharme! Quisiera oír a la mujer del sacristán; pues ¿y los curas? ¿Qué dirán los curas? Eso será lo que habrá que oír. (*Entra desesperado.*)

MOZO: ¿Cómo quiere que se lo exprese . . . ? Yo la quiero, te quiero como . . .

ZAPATERA: Verdaderamente eso de "la quiero", "te quiero", suena de un modo que parece que me están haciendo cosquillas con una pluma detrás de las orejas. Te quiero, la quiero . . .

MOZO: ¿Cuántas semillas tiene el girasol?

ZAPATERA: ¡Yo qué sé!

MOZO: Tantos suspiros doy cada minuto por usted, por ti . . . (*Muy cerca.*)

ZAPATERA (*brusca*): Estate quieto. Yo puedo oírte hablar porque me gusta y es bonito, pero nada más, ¿lo oyes? ¡Estaría bueno! [49]

MOZO: Pero eso no puede ser. ¿Es que tienes otro compromiso?

ZAPATERA: Mira, vete.

MOZO: No me muevo de este sitio sin el sí. ¡Ay, mi zapaterita, dame tu palabra! (*Va a abrazarla.*)

ZAPATERA (*cerrando violentamente la ventana*): ¡Pero qué impertinente, qué loco! . . . ¡Si te he hecho daño te aguantas! . . . Como si yo no estuviera aquí más que paraaa, paraaaa . . . ¿Es que en este pueblo no
5 puede una hablar con nadie? Por lo que veo, en este pueblo no hay más que dos extremos: o monja o trapo de fregar . . . ¡Era lo que me quedaba que ver! (*Haciendo como que huele y echando a correr.*) ¡Ay, mi comida que está en la lumbre! ¡Mujer ruin!

10 (*La luz se va marchando. El* Zapatero *sale con una gran capa y un bulto de ropa en la mano.*)

ZAPATERO: ¡O soy otro hombre o no me conozco! ¡Ay, casita mía! ¡Ay, banquillo mío! Cerote, clavos, pieles de becerro . . . Bueno. (*Se dirige hacia la puerta y*
15 *retrocede, pues se topa con dos beatas en el mismo quicio.*)

BEATA 1ª: Descansando, ¿verdad?

BEATA 2ª: ¡Hace usted bien en descansar!

ZAPATERO (*de mal humor*): ¡Buenas noches!

20 BEATA 1ª: A descansar, maestro.

BEATA 2ª: ¡A descansar, a descansar! (*Se van.*)

ZAPATERO: Sí, descansando . . . ¡Pues no estaban mirando por el ojo de la llave! ¡Brujas, sayonas! ¡Cuidado con el retintín con que me lo han dicho! Claro . . . si
25 en todo el pueblo no se hablará de otra cosa: ¡que si yo, que si ella, que si los mozos! [50] ¡Ay! ¡Mal rayo parta a mi hermana que en paz descanse! ¡Pero primero solo que señalado por el dedo de los demás! (*Sale rápida-*

mente y deja la puerta abierta. Por la izquierda aparece la Zapatera.)

ZAPATERA: Ya está la comida . . . ¿me estás oyendo? (*Avanza hacia la puerta de la derecha*): ¿Me estás oyendo? Pero ¿habrá tenido el valor de marcharse al cafetín, dejando la puerta abierta . . . y sin haber terminado los borceguíes? Pues cuando vuelva ¡me oirá! ¡Me tiene que oír! ¡Qué hombres son los hombres, qué abusivos y que . . . que . . . vaya! . . . (*En un repeluzno*): ¡Ay, qué fresquito hace! (*Se pone a encender el candil y de la calle llega el ruido de las esquilas de los rebaños que vuelven al pueblo. La* Zapatera *se asoma a la ventana.*) ¡Qué primor de rebaños! Lo que es a mí,[51] me chalan las ovejitas. Mira, mira . . . aquella blanca tan chiquita que casi no puede andar. ¡Ay! . . . Pero aquella grandota y antipática se empeña en pisarla y nada . . . (*A voces*): Pastor, ¡asombrado! ¿No estás viendo que te pisotean la oveja recién nacida? (*Pausa.*) Pues claro que me importa . . . ¿No ha de importarme? [52] ¡Brutísimo! . . . Y mucho . . . (*Se quita de la ventana.*) Pero, señor, ¿adónde habrá ido este hombre desnortado? Pues si tarda siquiera dos minutos más, como yo sola, que me basto y me sobro . . . ¡Con la comida tan buena que he preparado . . . ! Mi cocido, con sus patatas de la sierra, dos pimientos verdes, pan blanco, un poquito magro de tocino, y arrope con calabaza y cáscara de limón para encima, ¡porque lo que es cuidarlo, lo que es cuidarlo, lo estoy cuidando a mano! (*Durante todo este monólogo da muestras de gran actividad, moviéndose de un lado para otro, arreglando las sillas, despabilando el velón y quitándose motas del vestido.*)

NIÑO (*en la puerta*): ¿Estás disgustada, todavía?

ZAPATERA: Primorcito de su vecino, ¿dónde vas?

NIÑO (*en la puerta*): Tú no me regañarás, ¿verdad?, porque a mi madre que algunas veces me pega, la quiero
5 veinte arrobas, pero a ti te quiero treinta y dos y media . . .

ZAPATERA: ¿Por qué eres tan precioso? (*Sienta al* Niño *en sus rodillas.*)

NIÑO: Yo venía a decirte una cosa que nadie quiere de-
10 cirte. Ve tú, ve tú, ve tú, y nadie quería y entonces, "que vaya el niño", dijeron . . . porque era un notición que nadie quiere dar.

ZAPATERA: Pero dímelo pronto, ¿qué ha pasado?

NIÑO: No te asustes, que de muertos no es.

15 ZAPATERA: ¡Anda!

NIÑO: Mira, zapaterita . . . (*Por la ventana entra una mariposa y el* Niño *bajándose de las rodillas de la* Zapatera *echa a correr.*) Una mariposa, una mariposa . . . ¿No tienes un sombrero . . . ? Es amarilla, con pintas
20 azules y rojas . . . y, ¡qué sé yo . . . !

ZAPATERA: Pero, hijo mío . . . ¿quieres? . . .

NIÑO (*enérgico*): Cállate y habla en voz baja, ¿no ves que se espanta si no? ¡Ay! ¡Dame tu pañuelo!

ZAPATERA (*intrigada ya en la caza*): Tómalo.

25 NIÑO: ¡Chis . . . ! No pises fuerte.

ZAPATERA: Lograrás que se escape.[53]

Niño (*en voz baja y como encantando a la mariposa, canta*):

Mariposa del aire,
qué hermosa eres,
mariposa del aire 5
dorada y verde.
Luz de candil,
mariposa del aire,
¡quédate ahí, ahí, ahí! . . .
No te quieres parar, 10
pararte no quieres.
Mariposa del aire
dorada y verde.
Luz de candil,
mariposa del aire, 15
¡quédate ahí, ahí, ahí! . . .
¡Quédate ahí!
Mariposa, ¿estás ahí?

Zapatera (*en broma*): Síííí.

Niño: No, eso no vale. (*La mariposa vuela.*) 20

Zapatera: ¡Ahora! ¡Ahora!

Niño (*corriendo alegremente con el pañuelo*): ¿No te quieres parar? ¿No quieres dejar de volar?

Zapatera (*corriendo también por otro lado*): ¡Que se escapa, que se escapa! (*El* Niño *sale corriendo por la* 25 *puerta persiguiendo a la mariposa.*)

Zapatera (*enérgica*): ¿Dónde vas?

Niño (*suspenso*): ¡Es verdad! (*Rápido.*) ¡Pero yo no tengo la culpa!

ZAPATERA: ¡Vamos! ¿Quieres decirme lo que pasa? ¡Pronto!

NIÑO: ¡Ay! Pues, mira . . . tu marido, el zapatero, se ha ido para no volver más.

5 ZAPATERA (*aterrada*): ¿Cómo?

NIÑO: Sí, sí, eso ha dicho en casa antes de montarse en la diligencia, que lo he visto yo . . . y nos encargó que te lo dijéramos y ya lo sabe todo el pueblo . . .

ZAPATERA (*sentándose desplomada*): ¡No es posible, esto
10 no es posible! ¡Yo no lo creo!

NIÑO: ¡Sí que es verdad, no me regañes!

ZAPATERA (*levantándose hecha una furia y dando fuertes pisotadas en el suelo*): ¿Y me da este pago? ¿Y me da este pago? (*El* Niño *se refugia detrás de la mesa.*)

15 NIÑO: ¡Que se caen las horquillas!

ZAPATERA: ¿Qué va a ser de mí sola en esta vida? ¡Ay, ay, ay! (*El* Niño *sale corriendo. La ventana y las puertas están llenas de vecinos.*) Sí, sí, venid a verme, cascantes, comadricas, por vuestra culpa ha sido . . .

20 ALCALDE: Mira, ya te estás callando.[54] Si tu marido te ha dejado ha sido porque no lo querías, porque no podía ser.

ZAPATERA: ¿Pero lo van a saber ustedes mejor que yo? Sí, lo quería, vaya si lo quería, que pretendientes buenos
25 y muy riquísimos he tenido y no les he dado el sí jamás. ¡Ay, pobrecito mío, qué cosas te habrán contado!

SACRISTANA (*entrando*). Mujer, repórtate.

ZAPATERA: No me resigno. No me resigno. ¡Ay, ay! (*Por la puerta empiezan a entrar vecinas vestidas con colores violentos y que llevan grandes vasos de refrescos. Giran, corren, entran y salen alrededor de la* Zapatera *que está sentada gritando, con la prontitud y ritmo de baile. Las grandes faldas se abren a las vueltas que dan. Todos adoptan una actitud cómica de pena*). 5

VECINA AMARILLA: Un refresco.

VECINA ROJA: Un refresquito.

VECINA VERDE: Para la sangre.

VECINA NEGRA: De limón.

VECINA MORADA: De zarzaparrilla. 10

VECINA ROJA: La menta es mejor.

VECINA MORADA: Vecina.

VECINA VERDE: Vecinita.

VECINA NEGRA: Zapatera.

VECINA ROJA: Zapaterita. 15

(*Las vecinas arman gran algazara. La* Zapatera *llora a gritos.*)

TELÓN

Acto Segundo

La misma decoración. A la izquierda, el banquillo arrumbado. A la derecha, un mostrador con botellas y un lebrillo con agua donde la Zapatera *friega las copas. La* Zapatera *está detrás del mostrador. Viste un traje rojo encendido, con amplias faldas y los brazos al aire. En la escena, dos mesas. En una de ellas está sentado* Don Mirlo, *que toma un refresco y en la otra el* Mozo *del sombrero en la cara.*

La Zapatera *friega con gran ardor vasos y copas que va colocando en el mostrador. Aparece en la puerta el* Mozo *de la faja y el sombrero plano del primer acto. Está triste. Lleva los brazos caídos y mira de manera tierna a la* Zapatera. *Al actor que exagere lo más mínimo en este tipo, debe el director de escena darle un bastonazo en la cabeza.*[1] *Nadie debe exagerar. La farsa exige siempre naturalidad. El autor ya se ha encargado de dibujar el tipo y el sastre de vestirlo. Sencillez. El* Mozo *se detiene en la puerta.* Don Mirlo *y el otro* Mozo *vuelven la cabeza y lo miran. Ésta es casi una escena de cine. Las miradas y expresión del conjunto dan su expresión. La* Zapatera *deja de fregar y mira al* Mozo *fijamente. (Silencio.)*

ZAPATERA: Pase usted.

MOZO DE LA FAJA: Si usted lo quiere . . .

ZAPATERA (*asombrada*): ¿Yo? Me trae absolutamente sin cuidado,[2] pero como lo veo en la puerta . . .

MOZO DE LA FAJA: Lo que usted quiera. (*Se apoya en el* 5 *mostrador.*) (*Entre dientes*): Éste es otro al que voy a tener que . . .[3]

ZAPATERA: ¿Qué va a tomar?

MOZO DE LA FAJA: Seguiré sus indicaciones.

ZAPATERA: Pues la puerta. 10

MOZO DE LA FAJA: ¡Ay, Dios mío, cómo cambian los tiempos!

ZAPATERA: No crea que me voy a echar a llorar. Vamos. Va usted a tomar copa, café, refresco, ¿diga?

MOZO DE LA FAJA: Refresco. 15

ZAPATERA: No me mire tanto que se me va a derramar el jarabe.

MOZO DE LA FAJA: Es que yo me estoy muriendo ¡ay! (*Por la ventana pasan dos majas con inmensos abanicos. Miran, se santiguan escandalizadas, se tapan los ojos* 20 *con los pericones y a pasos menuditos cruzan.*)

ZAPATERA: El refresco.

MOZO DE LA FAJA (*mirándola*): ¡Ay!

MOZO DEL SOMBRERO (*mirando al suelo*): ¡Ay!

MIRLO (*mirando al techo*): ¡Ay! (*La* Zapatera *dirige la ca-* 25 *beza hacia los tres ayes.*)

ZAPATERA: ¡Requeteay! [4] Pero esto ¿es una taberna o un

hospital? ¡Abusivos! Si no fuera porque tengo que ganarme la vida con estos vinillos y este trapicheo, porque estoy sola desde que se fué por culpa de todos vosotros mi pobrecito marido de mi alma, ¿cómo es posible que yo aguantara esto? ¿Qué me dicen ustedes? Los voy a tener que plantar en lo ancho de la calle.

MIRLO: Muy bien, muy bien dicho.

MOZO DEL SOMBRERO: Has puesto taberna y podemos estar aquí dentro todo el tiempo que queramos.

ZAPATERA (*fiera*): ¿Cómo? ¿Cómo? (*El* Mozo *de la faja inicia el mutis y* Don Mirlo *se levanta sonriente y haciendo como que está en el secreto y que volverá.*)

MOZO DEL SOMBRERO: Lo que he dicho.

ZAPATERA: Pues si dices tú, más digo yo y puedes enterarte, y todos los del pueblo, que hace cuatro meses que se fué mi marido y no cederé a nadie jamás, porque una mujer casada debe estarse en su sitio como Dios manda. Y que no me asusto de nadie, ¿lo oyes?, que yo tengo la sangre de mi abuelo, que esté en gloria, que fué desbravador de caballos y lo que se dice un hombre. Decente fuí y decente lo seré. Me comprometí con mi marido. Pues hasta la muerte. (Don Mirlo *sale por la puerta rápidamente y haciendo señas que indican una relación entre él y la* Zapatera.)

MOZO DEL SOMBRERO (*levantándose*): Tengo tanto coraje que agarraría un toro de los cuernos, le haría hincar la cerviz en las arenas y después me comería sus sesos crudos con estos dientes míos, en la seguridad de no hartarme de morder. (*Sale rápidamente y* Don Mirlo *huye hacia la izquierda.*)

ZAPATERA (*con las manos en la cabeza*): Jesús, Jesús, Jesús y Jesús. (*Se sienta.*)

(*Por la puerta entra el* Niño, *se dirige a la* Zapatera *y le tapa los ojos.*)

NIÑO: ¿Quién soy yo? 5

ZAPATERA: Mi niño, pastorcillo de Belén.

NIÑO: Ya estoy aquí. (*Se besan.*)

ZAPATERA: ¿Vienes por la meriendita?

NIÑO: Si tú me la quieres dar . . .

ZAPATERA: Hoy tengo una onza de chocolate. 10

NIÑO: ¿Sí? A mí me gusta mucho estar en tu casa.

ZAPATERA (*dándole la onza*): ¿Porque eres interesadillo?

NIÑO: ¿Interesadillo? ¿Ves este cardenal que tengo en la rodilla?

ZAPATERA: ¿A ver? (*Se sienta en una silla baja y toma el* 15 Niño *en brazos.*)

NIÑO: Pues me lo ha hecho el Cunillo porque estaba cantando . . . las coplas que te han sacado [5] y yo le pegué en la cara, y entonces él me tiró una piedra que, ¡plaff!, mira. 20

ZAPATERA: ¿Te duele mucho?

NIÑO: Ahora no, pero he llorado.

ZAPATERA: No hagas caso ninguno de lo que dicen.[6]

NIÑO: Es que eran cosas muy indecentes. Cosas indecentes que yo sé decir, ¿sabes? pero que no quiero decir. 25

ZAPATERA (*riéndose*): Porque si lo dices cojo un pimiento picante y te pongo la lengua como un ascua.[7] (*Ríen.*)

NIÑO: Pero, ¿por qué te echarán a ti la culpa de que tu marido se haya marchado?

5 ZAPATERA: Ellos, ellos son los que la tienen y los que me hacen desgraciada.

NIÑO (*triste*): No digas, Zapaterita.

ZAPATERA: Yo me miraba en sus ojos. Cuando le veía venir montado en su jaca blanca . . .

10 NIÑO (*interrumpiéndole*): ¡Ja, ja, ja! Me estás engañando. El señor Zapatero no tenía jaca.

ZAPATERA: Niño, sé más respetuoso. Tenía jaca, claro que la tuvo, pero es . . . es que tú no habías nacido.

NIÑO (*pasándole la mano por la cara*): ¡Ah! ¡Eso sería!

15 ZAPATERA: Ya ves tú . . . cuando lo conocí estaba yo lavando en el arroyo del pueblo. Medio metro de agua y las chinas del fondo se veían reír, reír con el temblorcillo.[8] Él venía con un traje negro entallado, corbata roja de seda buenísima y cuatro anillos de oro que
20 relumbraban como cuatro soles.

NIÑO: ¡Qué bonito!

ZAPATERA: Me miró y lo miré. Yo me recosté en la hierba. Todavía me parece sentir en la cara aquel aire tan fresquito que venía por los árboles. Él paró su caballo y
25 la cola del caballo era blanca y tan larga que llegaba al agua del arroyo. (*La* Zapatera *está casi llorando. Empieza a oírse un canto lejano.*) Me puse tan azorada que se me fueron dos pañuelos preciosos, así de pequeñitos,[9] en la corriente.

NIÑO: ¡Qué risa!

ZAPATERA: Él, entonces, me dijo . . . (*El canto se oye más cerca. Pausa.*) ¡Chisss . . . !

NIÑO (*se levanta*): ¡Las coplas!

ZAPATERA: ¡Las coplas! (*Pausa. Los dos escuchan.*) ¿Tú sabes lo que dicen? 5

NIÑO (*con la mano*): Medio, medio.[10]

ZAPATERA: Pues cántalas, que quiero enterarme.

NIÑO: ¿Para qué?

ZAPATERA: Para que yo sepa de una vez lo que dicen. 10

NIÑO (*cantando y siguiendo el compás*): Verás:

La señora Zapatera,
al marcharse su marido,
ha montado una taberna
donde acude el señorío. 15

ZAPATERA: ¡Me la pagarán! [11]

NIÑO (*el* Niño *lleva el compás con la mano en la mesa*):

Quién te compra, Zapatera,
el paño de tus vestidos
y esas chambras de batista 20
con encaje de bolillos.
Ya la corteja el Alcalde,
ya la corteja Don Mirlo.
¡Zapatera, Zapatera,
Zapatera, te has lucido! * 25

(*Las voces se van distinguiendo cerca y claras con su acompañamiento de panderos. La* Zapatera *coge un*

* Song on pp. 158–160.

mantoncillo de manila y se lo echa sobre los hombros.) ¿Dónde vas? (*Asustado.*)

ZAPATERA: ¡Van a dar lugar a que compre un revólver! (*El canto se aleja. La* Zapatera *corre a la puerta. Pero* 5 *tropieza con el* Alcalde *que viene majestuoso, dando golpes con la vara en el suelo.*)

ALCALDE: ¿Quién despacha?

ZAPATERA: ¡El demonio!

ALCALDE: Pero, ¿qué ocurre?

10 ZAPATERA: Lo que usted debía saber hace muchos días, lo que usted como alcalde no debía permitir. La gente me canta coplas, los vecinos se ríen en sus puertas y como no tengo marido que vele por mí,[12] salgo yo a defenderme, ya que en este pueblo las autoridades son cala- 15 bacines, ceros a la izquierda, estafermos.

NIÑO: Muy bien dicho.

ALCALDE (*enérgico*): Niño, niño, basta de voces . . . ¿Sabes tú lo que he hecho ahora? Pues meter en la cárcel a dos o tres de los que venían cantando.

20 ZAPATERA: ¡Quisiera yo ver eso!

VOZ (*fuera*): ¡Niñoooo!

NIÑO: ¡Mi madre me llama! (*Corre a la ventana.*) ¡Quéee! Adiós. Si quieres te puedo traer el espadón grande de mi abuelo, el que se fué a la guerra. Yo no puedo con 25 él, ¿sabes?, pero tú, sí.

ZAPATERA (*sonriendo*): ¡Lo que quieras!

VOZ (*fuera*): ¡Niñoooo!

NIÑO (*ya en la calle*): ¿Quéeee?

ALCALDE: Por lo que veo, este niño sabio y retorcido es la única persona a quien tratas bien en el pueblo.

ZAPATERA: No pueden ustedes hablar una sola palabra sin ofender . . . ¿De qué se ríe su ilustrísima?

ALCALDE: ¡De verte tan hermosa y desperdiciada! 5

ZAPATERA: ¡Antes un perro! [13] (*Le sirve un vaso de vino.*)

ALCALDE: ¡Qué desengaño de mundo! Muchas mujeres he conocido como amapolas, como rosas de olor . . . mujeres morenas con los ojos como tinta de fuego, mujeres que les huele el pelo a nardos y siempre tienen las 10 manos con calentura, mujeres cuyo talle se puede abarcar con estos dos dedos, pero como tú, como tú no hay nadie. Anteayer estuve enfermo toda la mañana porque vi tendidas en el prado dos camisas tuyas con lazos celestes, que era como verte a ti, zapatera de mi alma. 15

ZAPATERA (*estallando furiosa*): Calle usted, viejísimo, calle usted; con hijas mozuelas y lleno de familia no se debe cortejar de esta manera tan indecente y tan descarada.

ALCALDE: Soy viudo. 20

ZAPATERA: Y yo casada.

ALCALDE: Pero tu marido te ha dejado y no volverá, estoy seguro.

ZAPATERA: Yo viviré como si lo tuviera.

ALCALDE: Pues a mí me consta, porque me lo dijo, que 25 no te quería ni tanto así.

ZAPATERA: Pues a mí me consta que sus cuatro señoras, mal rayo las parta, le aborrecían a muerte.

ALCALDE (*dando en el suelo con la vara*): ¡Ya estamos!

ZAPATERA (*tirando un vaso*): ¡Ya estamos! (*Pausa.*)

ALCALDE (*entre dientes*): Si yo te cogiera por mi cuenta, ¡vaya si te domaba! [14]

5 ZAPATERA (*guasona*): ¿Qué está usted diciendo?

ALCALDE: Nada, pensaba . . . que si tú fueras como debías ser, te hubiera enterado que tengo voluntad y valentía para hacer escritura, delante del notario, de una casa muy hermosa.

10 ZAPATERA: ¿Y qué?

ALCALDE: Con un estrado que costó cinco mil reales, con centros de mesa, con cortinas de brocatel, con espejos de cuerpo entero . . .

ZAPATERA: ¿Y qué más?

15 ALCALDE (*tenoriesco*): [15] Que la casa tiene una cama con coronación de pájaros y azucenas de cobre, un jardín con seis palmeras y una fuente saltadora, pero aguarda, para estar alegre, que una persona que sé yo se quiera aposentar en sus salas donde estaría . . . (*dirigiéndose*

20 *a la* Zapatera) mira, ¡estarías como una reina!

ZAPATERA (*guasona*): Yo no estoy acostumbrada a esos lujos. Siéntese usted en el estrado, métase usted en la cama, mírese usted en los espejos y póngase con la boca abierta debajo de las palmeras esperando que le caigan

25 los dátiles, que yo de zapatera no me muevo.[16]

ALCALDE: Ni yo de alcalde. Pero que te vayas enterando que no por mucho despreciar amanece más temprano.[17] (*Con retintín.*)

ZAPATERA: Y que no me gusta usted ni me gusta nadie del pueblo. ¡Que está usted muy viejo!

ALCALDE (*indignado*): Acabaré metiéndote en la cárcel.

ZAPATERA: ¡Atrévase usted! (*Fuera se oye un toque de trompeta floreado y comiquísimo.*) 5

ALCALDE: ¿Qué será eso?

ZAPATERA (*alegre y ojiabierta*): ¡Títeres! (*Se golpea las rodillas. Por la ventana cruzan dos mujeres.*)

VECINA ROJA: ¡Títeres!

VECINA MORADA: ¡Títeres! 10

NIÑO (*en la ventana*): ¿Traerán monos? ¡Vamos!

ZAPATERA (*al* Alcalde): ¡Yo voy a cerrar la puerta!

NIÑO: ¡Vienen a tu casa!

ZAPATERA: ¿Sí? (*Se acerca a la puerta.*)

NIÑO: ¡Míralos! 15

(*Por la puerta aparece el* Zapatero *disfrazado. Trae una trompeta y un cartelón enrollado a la espalda, lo rodea la gente. La* Zapatera *queda en actitud expectante y el* Niño *salta por la ventana y se coge a sus faldones.*)

ZAPATERO: Buenas tardes. 20

ZAPATERA: Buenas tardes tenga usted, señor titiritero.

ZAPATERO: ¿Aquí se puede descansar?

ZAPATERA: Y beber, si usted gusta.

ALCALDE: Pase usted, buen hombre y tome lo que quiera,

que yo pago. (*A los vecinos*): Y vosotros, ¿qué hacéis ahí?

VECINA ROJA: Como estamos en lo ancho de la calle no creo que le estorbemos.[18] (*El* Zapatero *mirándolo todo*
5 *con disimulo deja el rollo sobre la mesa.*)

ZAPATERO: Déjelos, señor Alcalde . . . supongo que es usted, que con ellos me gano la vida.

NIÑO: ¿Dónde he oído yo hablar a este hombre? (*En toda la escena el* Niño *mirará con gran extrañeza al* Zapa-
10 tero.) ¡Haz ya los títeres! (*Los vecinos ríen.*)

ZAPATERO: En cuanto tome un vaso de vino.

ZAPATERA (*alegre*): ¿Pero los va usted a hacer en mi casa?

ZAPATERO: Si tú me lo permites.

VECINA ROJA: Entonces, ¿podemos pasar?

15 ZAPATERA (*seria*): Podéis pasar. (*Da un vaso al* Zapatero).

VECINA ROJA (*sentándose*): Disfrutaremos un poquito. (*El* Alcalde *se sienta.*)

ALCALDE: ¿Viene usted de muy lejos?

ZAPATERO: De muy lejísimos.[19]

20 ALCALDE: ¿De Sevilla?

ZAPATERO: Échele usted leguas.

ALCALDE: ¿De Francia?

ZAPATERO: Échele usted leguas.

ALCALDE: ¿De Inglaterra?

25 ZAPATERO: De las Islas Filipinas. (*Las vecinas hacen rumores de admiración. La* Zapatera *está extasiada.*)

ALCALDE: ¿Habrá usted visto a los insurrectos?

ZAPATERO: Lo mismo que les estoy viendo a ustedes ahora.

NIÑO: ¿Y cómo son?

ZAPATERO: Intratables. Figúrense ustedes que casi todos ellos son zapateros. (*Los vecinos miran a la* Zapatera.) 5

ZAPATERA (*quemada*): ¿Y no los hay de otros oficios?

ZAPATERO: Absolutamente. En las Islas Filipinas, zapateros.

ZAPATERA: Pues puede que en las Filipinas esos zapateros sean tontos, que aquí en estas tierras los hay listos y muy 10 listos.

VECINA ROJA (*adulona*): Muy bien hablado.

ZAPATERA (*brusca*): Nadie le ha preguntado su parecer.

VECINA ROJA: ¡Hija mía!

ZAPATERO (*enérgico, interrumpiendo*): ¡Qué rico vino! 15 (*Más fuerte.*) ¡Qué requeterrico vino! (*Silencio.*) Vino de uvas negras como el alma de algunas mujeres que yo conozco.

ZAPATERA: ¡De las que la tengan!

ALCALDE: ¡Chis! ¿Y en qué consiste el trabajo de usted? 20

ZAPATERO (*apura el vaso, chasca la lengua y mira a la* Zapatera): ¡Ah! Es un trabajo de poca apariencia y de mucha ciencia. Enseño la vida por dentro. Aleluyas son los hechos del zapatero mansurrón [20] y la Fierabrás de Alejandría, vida de don Diego Corrientes, aventuras 25 del guapo Francisco Esteban y, sobre todo, arte de colocar el bocado a las mujeres parlanchinas y respondonas.

ZAPATERA: ¡Todas esas cosas las sabía mi pobrecito marido!

ZAPATERO: ¡Dios lo haya perdonado!

ZAPATERA: Oiga usted . . . (*Las vecinas ríen.*)

5 NIÑO: ¡Cállate!

ALCALDE (*autoritario*): ¡A callar! Enseñanzas son esas que convienen, a todas las criaturas. Cuando usted guste.[21]

(*El* Zapatero *desenrolla el cartelón en el que hay pintada una historia de ciego, dividida en pequeños cuadros, pin-* 10 *tados con almazarrón y colores violentos. Los vecinos inician un movimiento de aproximación y la* Zapatera *se sienta al* Niño *sobre sus rodillas.*)

ZAPATERO: Atención.

NIÑO: ¡Ay, qué precioso! (*Abraza a la* Zapatera, *mur-* 15 *mullos.*)

ZAPATERA: Que te fijes bien por si acaso no me entero del todo.

NIÑO: Más difícil que la historia sagrada no será.

ZAPATERO: Respetable público: Oigan ustedes el romance 20 verdadero y substancioso de la mujer rubicunda y el hombrecito de la paciencia, para que sirva de escarmiento y ejemplaridad a todas las gentes de este mundo. (*En tono lúgubre*): Aguzad vuestros oídos y entendimiento. (*Los vecinos alargan la cabeza y algunas mu-* 25 *jeres se agarran de las manos.*)

NIÑO: ¿No te parece el titiritero, hablando, a tu marido?

ZAPATERA: Él tenía la voz más dulce.

ZAPATERO: ¿Estamos?

ZAPATERA: Me sube así un repeluzno.

NIÑO: ¡Y a mí también!

ZAPATERO (*señalando con la varilla*):

En un cortijo de Córdoba, 5
entre jarales y adelfas,
vivía un talabartero
con una talabartera. (*Expectación.*)
Ella era mujer arisca,
él hombre de gran paciencia, 10
ella giraba en los veinte
y él pasaba de cincuenta.
¡Santo Dios, cómo reñían!
Miren ustedes la fiera,
burlando al débil marido 15
con los ojos y la lengua.

(*Está pintada en el cartel una mujer que mira de manera infantil y cansina.*)

ZAPATERA: ¡Qué mala mujer! (*Murmullos.*)

ZAPATERO: Cabellos de emperadora 20
tiene la talabartera,
y una carne como el agua
cristalina de Lucena.
Cuando movía las faldas
en tiempos de Primavera 25
olía toda su ropa
a limón y a yerbabuena.
¡Ay, qué limón, limón
de la limonera!

¡Qué apetitosa
talabartera! (*Los vecinos ríen.*)
Ved cómo la cortejaban
mocitos de gran presencia
5 en caballos relucientes
llenos de borlas de seda.
Gente cabal y garbosa
que pasaba por la puerta
haciendo brillar, alegre,
10 las onzas de sus cadenas.
La conversación a todos
daba la talabartera,
y ellos caracoleaban
sus jacas sobre las piedras.
15 Miradla hablando con uno
bien peinada y bien compuesta,
mientras el pobre marido
clava en el cuero la lezna.

(*Muy dramático y cruzando las manos.*)

20 Esposo viejo y decente
casado con joven tierna,
qué tunante caballista
roba tu amor en la puerta.

(*La* Zapatera *que ha estado dando suspiros rompe a llo-*
25 *rar.*)

Zapatero (*volviéndose*): ¿Qué os pasa?

Alcalde: ¡Pero, niña! (*Da con la vara.*)

Vecina roja: ¡Siempre llora quien tiene por qué callar!

Vecina morada: ¡Siga usted! (*Los vecinos murmuran y*
30 *sisean.*)

ZAPATERA: Es que me da mucha lástima y no puedo contenerme, ¿lo ve usted?, no puedo contenerme. (*Llora queriéndose contener, hipando de manera comiquísima.*)

ALCALDE: ¡Chitón! 5

NIÑO: ¿Lo ves?

ZAPATERO: ¡Hagan el favor de no interrumpirme! ¡Cómo se conoce que no tienen que decirlo de memoria!

NIÑO (*suspirando*): ¡Es verdad!

ZAPATERO (*malhumorado*): 10

Un lunes por la mañana
a eso de las once y media,
cuando el sol deja sin sombra
los juncos y madreselvas,
cuando alegremente bailan 15
brisa y tomillo en la sierra
y van cayendo las verdes
hojas de las madroñeras,
regaba sus alhelíes
la arisca talabartera. 20
Llegó su amigo trotando
una jaca cordobesa
y le dijo entre suspiros:
Niña, si tú lo quisieras,
cenaríamos mañana 25
los dos solos, en tu mesa.
¿Y qué harás de mi marido?
Tu marido no se entera.
¿Qué piensas hacer? Matarlo.
Es ágil. Quizá no puedas. 30
¿Tienes revólver? ¡Mejor!,

¡tengo navaja barbera!
¿Corta mucho? Más que el frío.

(*La* Zapatera *se tapa los ojos y aprieta al* Niño. *Todos los vecinos tienen una expectación máxima que se notará* 5 *en sus expresiones.*)

Y no tiene ni una mella.
¿No has mentido? Le daré
diez puñaladas certeras
en esta disposición,
10 que me parece estupenda:
cuatro en la región lumbar,
una en la tetilla izquierda,
otra en semejante sitio
y dos en cada cadera.
15 ¿Lo matarás en seguida?
Esta noche cuando vuelva
con el cuero y con las crines
por la curva de la acequia.

(*En este último verso y con toda rapidez se oye fuera del* 20 *escenario un grito angustiado y fortísimo; los vecinos se levantan. Otro grito más cerca. Al* Zapatero *se le cae de las manos el telón y la varilla. Tiemblan todos cómicamente.*)

Vecina negra (*en la ventana*): ¡Ya han sacado las navajas!

25 Zapatera: ¡Ay, Dios mío!

Vecina roja: ¡Virgen Santísima!

Zapatero: ¡Qué escándalo!

Vecina negra: ¡Se están matando! ¡Se están cosiendo a

puñaladas por culpa de esa mujer! (*Señala a la* Zapatera.)

ALCALDE (*nervioso*): ¡Vamos a ver!

NIÑO: ¡Que me da mucho miedo!

VECINA VERDE: ¡Acudir, acudir! (*Van saliendo.*) 5

VOZ (*fuera*): ¡Por esa mala mujer!

ZAPATERO: Yo no puedo tolerar esto; ¡no lo puedo tolerar! (*Con las manos en la cabeza corre la escena. Van saliendo rapidísimamente todos entre ayes y miradas de odio a la* Zapatera. *Ésta cierra rápidamente la ventana* 10 *y la puerta.*)

ZAPATERA: ¿Ha visto usted qué infamia? Yo le juro por la preciosísima sangre de nuestro padre Jesús, que soy inocente. ¡Ay! ¿Qué habrá pasado . . . ? Mire, mire usted cómo tiemblo. (*Le enseña las manos.*) Parece que 15 las manos se me quieren escapar ellas solas.

ZAPATERO: Calma, muchacha. ¿Es que su marido está en la calle?

ZAPATERA (*rompiendo a llorar*): ¿Mi marido? ¡Ay, señor mío! 20

ZAPATERO: ¿Qué le pasa?

ZAPATERA: Mi marido me dejó por culpa de las gentes y ahora me encuentro sola sin calor de nadie.

ZAPATERO: ¡Pobrecilla!

ZAPATERA: ¡Con lo que yo lo quería! [22] ¡Lo adoraba! 25

ZAPATERO (*con un arranque*): ¡Eso no es verdad!

ZAPATERA (*dejando rápidamente de llorar*): ¿Qué está usted diciendo?

ZAPATERO: Digo que es una cosa tan . . . incomprensible que . . . parece que no es verdad. (*Turbado.*)

ZAPATERA: Tiene usted mucha razón, pero yo desde entonces no como, ni duermo, ni vivo; porque él era mi
5 alegría, mi defensa.

ZAPATERO: Y queriéndolo tanto como lo quería, ¿la abandonó? Por lo que veo su marido de usted era un hombre de pocas luces.

ZAPATERA: Haga el favor de guardar la lengua en el bol-
10 sillo. Nadie le ha dado permiso para que dé su opinión.

ZAPATERO: Usted perdone, no he querido . . .

ZAPATERA: Digo . . . ¡cuando era más listo . . . !

ZAPATERO (*con guasa*): ¿Sííííí?

ZAPATERA (*enérgica*). Sí. ¿Ve usted todos esos romances y
15 chupaletrinas que canta y cuenta por los pueblos? Pues todo eso es un ochavo comparado con lo que él sabía . . . él sabía . . . ¡el triple!

ZAPATERO (*serio*): No puede ser.

ZAPATERA (*enérgica*): Y el cuádruple . . . Me los decía
20 todos a mí cuando nos acostábamos. Historietas antiguas que usted habrá oído mentar siquiera . . . (*gachona*) y a mí me daba un susto . . . pero él me decía: "¡preciosa de mi alma, si esto ocurre de mentirijillas!"

ZAPATERO (*indignado*): ¡Mentira!

25 ZAPATERA (*extrañadísima*): ¿Eh? ¿Se le ha vuelto el juicio?

ZAPATERO: ¡Mentira!

ZAPATERA (*indignada*): Pero ¿qué es lo que está usted diciendo, titiritero del demonio?

ZAPATERO (*fuerte y de pie*): Que tenía mucha razón su marido de usted. Esas historietas son pura mentira, fantasía nada más. (*Agrio.*)

ZAPATERA (*agria*): Naturalmente, señor mío. Parece que me toma por tonta de capirote . . . pero no me negará usted que dichas historietas impresionan. 5

ZAPATERO: ¡Ah, eso ya es harina de otro costal![23] Impresionan a las almas impresionables.

ZAPATERA: Todo el mundo tiene sentimientos.

ZAPATERO: Según se mire.[24] He conocido mucha gente sin sentimiento. Y en mi pueblo vivía una mujer . . . en cierta época, que tenía el suficiente mal corazón para hablar con sus amigos por la ventana mientras el marido hacía botas y zapatos de la mañana a la noche. 10

ZAPATERA (*levantándose y cogiendo una silla*): ¿Eso lo dice por mí? 15

ZAPATERO: ¿Cómo?

ZAPATERA: ¡Que si va con segunda,[25] dígalo! ¡Sea valiente!

ZAPATERO (*humilde*): Señorita, ¿qué está usted diciendo? ¿Qué sé yo quién es usted? Yo no la he ofendido en nada; ¿por qué me falta de esa manera? ¡Pero es mi sino! (*Casi lloroso.*) 20

ZAPATERA (*enérgica, pero conmovida*): Mire usted, buen hombre. Yo he hablado así porque estoy sobre ascuas; todo el mundo me asedia, todo el mundo me critica; ¿cómo quiere que no esté acechando la ocasión más pequeña para defenderme? Si estoy sola, si soy joven y vivo ya sólo de mis recuerdos . . . (*Llora.*) 25

ZAPATERO (*lloroso*): Ya comprendo, preciosa joven. Yo

comprendo mucho más de lo que pueda imaginarse, porque . . . ha de saber usted con toda clase de reservas que su situación es . . . sí, no cabe duda, idéntica a la mía.

5 ZAPATERA (*intrigada*): ¿Es posible?

ZAPATERO (*se deja caer sobre la mesa*): A mí . . . ¡me abandonó mi esposa!

ZAPATERA: ¡No pagaba con la muerte! [26]

ZAPATERO: Ella soñaba con un mundo que no era el mío,
10 era fantasiosa y dominanta, gustaba demasiado de la conversación y las golosinas que yo no podía costearle, y un día tormentoso de viento huracanado me abandonó para siempre.

ZAPATERA: ¿Y qué hace usted ahora, corriendo mundo?

15 ZAPATERO: Voy en su busca para perdonarla y vivir con ella lo poco que me queda de vida. A mi edad ya se está malamente por esas posadas de Dios.[27]

ZAPATERA (*rápida*): Tome un poquito de café caliente que después de toda esta tracamandana le servirá de
20 salud. (*Va al mostrador a echar café y vuelve la espalda al* Zapatero.)

ZAPATERO (*persignándose exageradamente y abriendo los ojos*): Dios te lo premie, clavellinita encarnada.

ZAPATERA (*le ofrece la taza. Se queda con el plato en las*
25 *manos y él bebe a sorbos*): ¿Está bueno?

ZAPATERO (*meloso*): ¡Como hecho por sus manos!

ZAPATERA (*sonriente*): ¡Muchas gracias!

ZAPATERO (*en el último trago*): ¡Ay, qué envidia me da su marido!

ZAPATERA: ¿Por qué?

ZAPATERO (*galante*): ¡Porque se pudo casar con la mujer más preciosa de la tierra! 5

ZAPATERA (*derretida*): ¡Qué cosas tiene! [28]

ZAPATERO: Y ahora casi me alegro de tenerme que marchar, porque usted sola, yo solo, usted tan guapa y yo con mi lengua en su sitio, me parece que se me escaparía cierta insinuación . . . 10

ZAPATERA (*reaccionando*): Por Dios, ¡quite de ahí! ¿Qué se figura? ¡Yo guardo mi corazón entero para el que está por esos mundos, para quien debo, para mi marido!

ZAPATERO (*contentísimo y tirando el sombrero al suelo*): ¡Eso está pero que muy bien! Así son las mujeres verdaderas, ¡así! 15

ZAPATERA (*un poco guasona y sorprendida*): Me parece a mí que usted está un poco . . . (*Se lleva el dedo a la sien.*)

ZAPATERO: Lo que usted quiera. ¡Pero sepa y entienda que yo no estoy enamorado de nadie más que de mi mujer, mi esposa de legítimo matrimonio! 20

ZAPATERA: Y yo de mi marido y de nadie más que de mi marido. Cuántas veces lo he dicho para que lo oyeran hasta los sordos. (*Con las manos cruzadas.*) ¡Ay, qué zapaterillo de mi alma! 25

ZAPATERO (*aparte*): ¡Ay, qué zapaterilla de mi corazón!

(*Golpes en la puerta.*)

ZAPATERA: ¡Jesús! Está una en un continuo sobresalto. ¿Quién es?

NIÑO: ¡Abre!

ZAPATERA: ¡Pero es posible? ¿Cómo has venido?

5 NIÑO: ¡Ay, vengo corriendo para decírtelo!

ZAPATERA: ¿Qué ha pasado?

NIÑO: Se han hecho heridas con las navajas dos o tres mozos y te echan a ti la culpa. Heridas que echan mucha sangre. Todas las mujeres han ido a ver al juez

10 para que te vayas del pueblo, ¡ay! Y los hombres querían que el sacristán tocara las campanas para cantar tus coplas . . . (*El* Niño *está jadeante y sudoroso.*)

ZAPATERA (*al* Zapatero): ¿Lo está usted viendo?

NIÑO: Toda la plaza está llena de corrillos . . . parece la

15 feria . . . ¡y todos contra ti!

ZAPATERO: ¡Canallas! Intenciones me dan de salir a defenderla.

ZAPATERA: ¿Para qué? Lo meterán en la cárcel. Yo soy la que va a tener que hacer algo gordo.

20 NIÑO: Desde la ventana de tu cuarto puedes ver el jaleo de la plaza.

ZAPATERA (*rápida*): Vamos, quiero cerciorarme de la maldad de las gentes. (*Mutis rápido.*)

ZAPATERO: Sí, sí, canallas . . . pero pronto ajustaré cuen-

25 tas con todos y me las pagarán . . . ¡Ah, casilla mía, qué calor más agradable sale por tus puertas y ventanas!; ¡ay, qué terribles paradores, qué malas comidas, qué sábanas de lienzo moreno por esos caminos del

mundo! ¡Y qué disparate no sospechar que mi mujer era de oro puro, del mejor oro de la tierra! ¡Casi me dan ganas de llorar!

VECINA ROJA (*entrando rápida*): Buen hombre.

VECINA AMARILLA (*rápida*): Buen hombre. 5

VECINA ROJA: Salga en seguida de esta casa. Usted es persona decente y no debe estar aquí.

VECINA AMARILLA: Ésta es la casa de una leona, de una hiena.

VECINA ROJA: De una mal nacida, desengaño de los hombres. 10

VECINA AMARILLA: Pero o se va del pueblo o la echamos. Nos trae locas.

VECINA ROJA: Muerta la quisiera ver.

VECINA AMARILLA: Amortajada, con su ramo en el pecho. 15

ZAPATERO (*angustiado*): ¡Basta!

VECINA ROJA: Ha corrido la sangre.

VECINA AMARILLA: No quedan pañuelos blancos.

VECINA ROJA: Dos hombres como dos soles.

VECINA AMARILLA: Con las navajas clavadas. 20

ZAPATERO (*fuerte*): ¡Basta ya!

VECINA ROJA: Por culpa de ella.

VECINA AMARILLA: Ella, ella y ella.

VECINA ROJA: Miramos por usted.

VECINA AMARILLA: ¡Le avisamos con tiempo! 25

ZAPATERO: Grandísimas embusteras, mentirosas, mal nacidas. Os voy a arrastrar del pelo.

VECINA ROJA (*a la otra*): ¡También lo ha conquistado!

VECINA AMARILLA: ¡A fuerza de besos habrá sido!

5 ZAPATERO: ¡Así os lleve el demonio! ¡Basiliscos, perjuras!

VECINA NEGRA (*en la ventana*): ¡Comadre, corra usted! (*Sale corriendo. Las dos vecinas hacen lo mismo.*)

VECINA ROJA: Otro en el garlito.

VECINA AMARILLA: ¡Otro!

10 ZAPATERO: ¡Sayonas, judías! ¡Os pondré navajillas barberas en los zapatos! Me vais a soñar.

NIÑO (*entra rápido*): Ahora entraba un grupo de hombres en casa del Alcalde. Voy a ver lo que dicen. (*Sale corriendo.*)

15 ZAPATERA (*valiente*): Pues aquí estoy, si se atreven a venir. Y con serenidad de familia de caballistas que ha cruzado muchas veces la sierra, sin hamugas, a pelo sobre los caballos.

ZAPATERO: ¿Y no flaqueará algún día su fortaleza?

20 ZAPATERA: Nunca se rinde la que, como yo, está sostenida por el amor y la honradez. Soy capaz de seguir así hasta que se vuelva cana toda mi mata de pelo.

ZAPATERO (*conmovido, avanzando hacia ella*): Ay . . .

ZAPATERA: ¿Qué le pasa?

25 ZAPATERO: Me emociono.

ZAPATERA: Mire usted, tengo a todo el pueblo encima, quieren venir a matarme, y sin embargo no tengo ningún miedo. La navaja se contesta con la navaja y el palo con el palo, pero cuando de noche cierro esa puerta y me voy sola a mi cama . . . me da una pena . . . ¡qué pena! ¡Y paso unas sofocaciones! . . . Que cruje la cómoda: ¡un susto! Que suenan con el aguacero 5 los cristales del ventanillo, ¡otro susto! Que yo sola meneo sin querer las perinolas de la cama, ¡susto doble! Y todo esto no es más que el miedo a la soledad donde están los fantasmas, que yo no he visto porque no los he querido ver, pero que vieron mi madre y mi abuela 10 y todas las mujeres de mi familia que han tenido ojos en la cara.

ZAPATERO: ¿Y por qué no cambia de vida?

ZAPATERA: ¿Pero usted está en su juicio? ¿Qué voy a hacer? ¿Dónde voy así? Aquí estoy y Dios dirá. (*Fuera y* 15 *muy lejanos se oyen murmullos y aplausos.*)

ZAPATERO: Yo lo siento mucho, pero tengo que emprender mi camino antes que la noche se me eche encima. ¿Cuánto debo? (*Coge el cartelón.*)

ZAPATERA: Nada. 20

ZAPATERO: No transijo.

ZAPATERA: Lo comido por lo servido.

ZAPATERO: Muchas gracias. (*Triste se carga el cartelón.*) Entonces, adiós . . . para toda la vida, porque a mi edad . . . (*Está conmovido.*) 25

ZAPATERA (*reaccionando*): Yo no quisiera despedirme así. Yo soy mucho más alegre. (*En voz clara.*) Buen hombre, Dios quiera que encuentre usted a su mujer, para que vuelva a vivir con el cuido y la decencia a que estaba acostumbrado. (*Está conmovida.*)

ZAPATERO: Igualmente le digo de su esposo. Pero usted ya sabe que el mundo es reducido. ¿Qué quiere que le diga si por casualidad me lo encuentro en mis caminatas?

ZAPATERA: Dígale usted que lo adoro.

ZAPATERO (*acercándose*): ¿Y qué más?

ZAPATERA: Que a pesar de sus cincuenta y tantos años, benditísimos cincuenta años, me resulta más juncal y torerillo que todos los hombres del mundo.

ZAPATERO: ¡Niña, qué primor! ¡Le quiere usted tanto como yo a mi mujer!

ZAPATERA: ¡Muchísimo más!

ZAPATERO: No es posible. Yo soy como un perrillo y mi mujer manda en el castillo, ¡pero que mande! Tiene más sentimiento que yo. (*Está cerca de ella y como adorándola.*)

ZAPATERA: Y no se olvide de decirle que lo espero, que el invierno tiene las noches largas.

ZAPATERO: Entonces, ¿lo recibiría usted bien?

ZAPATERA: Como si fuera el rey y la reina juntos.

ZAPATERO (*temblando*): ¿Y si por casualidad llegara ahora mismo?

ZAPATERA: ¡Me volvería loca de alegría!

ZAPATERO: ¿Le perdonaría su locura?

ZAPATERA: ¡Cuánto tiempo hace que se la perdoné!

ZAPATERO: ¿Quiere usted que llegue ahora mismo?

ZAPATERA: ¡Ay, si viniera!

ZAPATERO (*gritando*): ¡Pues aquí está!

ZAPATERA: ¿Qué está usted diciendo?

ZAPATERO (*quitándose las gafas y el disfraz*): ¡Que ya no puedo más! ¡Zapatera de mi corazón! (La Zapatera *está* 5 *como loca, con los brazos separados del cuerpo. El* Zapatero *abraza a la* Zapatera *y ésta lo mira fijamente en medio de su crisis. Fuera se oye claramente un run-run de coplas.*)

VOZ (*dentro*): 10

La señora zapatera
al marcharse su marido
ha montado una taberna
donde acude el señorío.

ZAPATERA (*reaccionando*): ¡Pillo, granuja, tunante, ca- 15 nalla! ¿Lo oyes? ¡Por tu culpa! (*Tira las sillas.*)

ZAPATERO (*emocionado dirigiéndose al banquillo*): ¡Mujer de mi corazón!

ZAPATERA: ¡Corremundos! ¡Ay, cómo me alegro de que hayas venido! ¡Qué vida te voy a dar! ¡Ni la inquisi- 20 ción! ¡Ni los templarios de Roma!

ZAPATERO (*en el banquillo*): ¡Casa de mi felicidad! (*Las coplas se oyen cerquísima, los vecinos aparecen en la ventana.*)

VOCES (*dentro*): 25

Quién te compra zapatera
el paño de tus vestidos

y esas chambras de batista
con encaje de bolillos.
Ya la corteja el alcalde,
ya la corteja don Mirlo.
5 Zapatera, zapatera,
¡zapatera te has lucido!

ZAPATERA: ¡Qué desgraciada soy! ¡Con este hombre que Dios me ha dado! (*Yendo a la puerta.*) ¡Callarse largos de lengua, judíos colorados! Y venid, venid ahora, si
10 queréis. Ya somos dos a defender mi casa, ¡dos! ¡dos! yo y mi marido. (*Dirigiéndose al marido.*) ¡Con este pillo, con este granuja! (*El ruido de las coplas llena la escena. Una campana rompe a tocar lejana y furiosamente.*)

TELÓN

Notes and Exercises

Notes

The Diminutives Used in this Text

LORCA himself has given us the key to his use of the diminutive in the exquisite brief sketch, "Granada, Paraíso cerrado para muchos" (*O.C.* VII, 173 ff.):

> El diminutivo no tiene más misión que la de limitar, ceñir, traer a la habitación y poner en nuestra mano los objetos o ideas de gran perspectiva.
>
> Se limita el tiempo, el espacio, el mar, la luna, las distancias, y hasta lo prodigioso: la acción.
>
> No queremos que el mundo sea tan grande ni el mar tan hondo. Hay necesidad de limitar, de domesticar los términos inmensos.

The diminutive often denotes diminution of size or extent; but it connotes, as well, and this is extremely important, some idea or feeling of the speaker about the subject referred to. Thus, it often merely reinforces or intensifies some descriptive adjective used to qualify the object; this may be the case even when the notion of size is emphasized. Notice how, in the diminutives listed below from our text, the feeling of intimacy or affection is achieved by their use.

p. 47 **zapaterita** l. 21	here and elsewhere, this form and **zapaterilla** express the affection of the author and the several speakers for the "charming young wife of the shoemaker"

p. 49	**banquillo l. 1**	stool
	puertecitas l. 3	small doors
	viborilla empolvada l. 15	dirty snake; here diminutive expresses scorn, ridicule
p. 51	**muñequito l. 5**	nice little puppet
	hijito l. 27	dear, darling
p. 53	**refresquito l. 1**	nice cool drink
	espejitos l. 9	shiny little mirrors
	varilla l. 9	fine riding crop
	señorito l. 21	young gentleman (emphasis on social class)
p. 55	**por los clavitos de Nuestro Señor l. 5**	for the sake of the nails that crucified Our Lord; diminutive expresses sympathy
	vecinita l. 23	my *dear* neighbor
p. 58	**un poquito más bajo l. 3**	a *little* softer; diminutive expresses effort to pacify her
p. 59	**chiquilla alegre l. 11**	lively young girl
	regalillos l. 16	trifles
p. 60	**dinerillos l. 13**	nest-egg
p. 62	**polquita antigua l. 28**	simple old-fashioned polka
p. 63	**Me da vergüencilla l. 11**	I'm bashful (but giving coquettish encouragement)
	amargosilla l. 25	a little bitter (affectionately)
p. 64	**portalillo l. 24**	poor, simple doorway (unworthy of her)
p. 66	**casita mía l. 13 later, casilla mía**	home, sweet, home of mine
p. 67	**fresquito l. 10**	delightfully cool
	ovejitas l. 14	adorable lambs

p. 67	**chiquita** l. 15	tiny, helpless one
	poquito l. 26	a little tiny bit
p. 68	**primorcito** l. 2	my little pet
p. 70	**comadricas** l. 19	old gossips
	pobrecito l. 26	my poor darling
p. 71	**Vecinita, Zapaterita** lines 13, 15	here ironic and malicious my *dear* . . .
p. 73	**pasos menuditos** l. 21	tiny little steps, almost like dance steps
p. 74	**vinillo** l. 2	wine light (in body), wretched
p. 75	**pastorcillo** l. 6	darling little shepherd
	meriendita l. 8	nice little snack
	interesadillo l. 12	looking out for yourself
p. 76	**temblorcillo** l. 17	ripple
	aire tan fresquito l. 24	pleasant cool breeze
	así de pequeñitos l. 28	as tiny as this
p. 78	**mantoncillo** l. 1	nice little shawl
p. 79	**mozuelas** l. 17	grownup young women
p. 84	**hombrecito** l. 21	poor man
p. 92	**clavellinita** l. 23	lovely carnation
p. 93	**zapaterillo de mi alma** l. 26	my darling shoemaker
p. 96	**navajilla** l. 10	good sharp blade
p. 98	**torerillo** l. 10	graceful, like a bullfighter

Prólogo y Acto Primero

1. **súplica para que el auditorio sea generoso:** *a plea that the audience be indulgent.* The subjunctive is required in purpose clauses introduced by **para que.** p. 47, l. 9

2. **por ser el teatro:** *because the theatre is.* **Por** plus infinitive is used in place of **porque** with conjugated verb. p. 47, l. 14

3. **otros ambientes donde la gente no se asuste de que un árbol . . . se convierta:** *other surroundings where people aren't frightened if a tree is changed into.* **Se asuste** is subjunctive after the indefinite antecedent. **Se convierta** is subjunctive after the verb of emotion **asustarse.** p. 47, l. 17

4. **zapaterita popular:** *simple* or *familiar shoemaker's wife.* The diminutive is used a great deal in this text as it is in popular speech throughout the Spanish-speaking world, especially in Andalusia. Only infrequently does it indicate small size alone. It expresses rather the feeling of the speaker which may be affection, sympathy or at times scorn. Here it suggests the author's affection for his poetic creature. Often the diminutive merely reinforces or intensifies a modifying adjective, as here in the case of **popular,** and below in **simple romancillo,** *a simple ballad.* See Note on Diminutives, page 103. p. 47, l. 21

5. **y no se extrañe el público:** *and let the audience not be surprised.* Subjunctive in main clause to express a kind of command. p. 48, l. 3

6. **Se oyen voces:** *Shouts are heard.* The passive is often expressed by the reflexive when no agent is given. p. 48, l. 6

7. **No tengas tanta impaciencia en salir:** *Don't be so impatient to come on.* The negative familiar imperative is the second person present subjunctive. p. 48, l. 8
8. **Va creciendo la luz:** *The light gradually grows brighter.* **Ir** is used with the gerund to emphasize that the action is gradual. p. 48, l. 16
9. **que:** *for.* **Te digo** is understood before the **que**; in this very common construction the **que** is often untranslatable. p. 49, l. 13
10. **Si no te metes dentro de tu casa te hubiera arrastrado:** *If you hadn't gotten into your house, I'd have wiped up the floor with you.* The present indicative is colloquially used in place of the pluperfect subjunctive in the *if* clause of a contrary-to-fact condition. p. 49, l. 15
11. **debí estarme:** *I should have stayed.* p. 50, l. 1
12. **Quién me hubiera dicho a mí:** *Who could have told me,* or *If anybody had told me.* **Quién** is used with the imperfect subjunctive in an independent clause in the case of an implied condition. p. 50, l. 2
13. **me tiraría del pelo:** *I'd have pulled my hair out.* p. 50, l. 6
14. **¿Eres tú?** *Is it you?* In Spanish the verb agrees with the predicate nominative rather than with the subject. p. 50, l. 9
15. **ya los arreglarán:** *they'll be fixed.* The passive is often expressed by the third person plural active voice. p. 50, l. 21
16. **Dice mi madre que tenga cuidado:** *My mother says to be careful.* The subjunctive is used with a verb of commanding. p. 50, l. 22
17. **así supiera ella aliñar:** *I wish she knew as well how to prepare; she'd be lucky if she knew as well how to sea-*

son. Así introduces the subjunctive in an independent clause to express a wish implied. p. 50, l. 26

18. **Puede que los tenga:** *I may have them;* literally, *It is possible that I may have them.* The subjunctive is used after puede que, *it is possible that.* p. 51, l. 14

19. **es menester que sepas:** *you should know;* literally, *it is necessary that you should know.* The subjunctive is used after the impersonal construction, **es menester,** *it is necessary.* p. 51, l. 16

20. **¡Válgate Dios!** *Good God!* or *Bless me!* or *God forgive you!* Exclamation of surprise or disapprobation. p. 51, l. 23

21. **Si hubiera reventado antes de nacer, no estaría pasando estos trabajos:** *If I'd only died before being born, I wouldn't be undergoing these trials.* A condition contrary to fact. p. 52, l. 1

22. **y sea lo que Dios quiera:** *and let God's will be done.* p. 52, l. 13

23. **Lo mejor de estas vegas:** *The best people of these plains.* The reference is to the "vega" around Granada. p. 53, l. 6

24. **¡Tú qué ibas a tener!** *You'd be likely to have* or *How could YOU have!* p. 53, l. 15

25. **¿no estás viendo?** *can't you see?* The progressive is used for emphasis. p. 53, l. 18

26. **tendría dieciocho años:** *he must have been about eighteen.* Conditional of probability. p. 53, l. 22

27. **Aquél sí que los tenía:** *That one WAS (eighteen).* **Sí** (que) is frequently used for emphasis. p. 53, l. 26

28. **quieras o no quieras:** *whether you like it or not.* p. 53, l. 29

29. **¡Con lo bien que yo estaba!** *When you consider how well off I was!* p. 54, l. 22

30. **¡Mal rayo parta a mi hermana, que en paz descanse!** *I wish a bolt of lightning had struck my sister, may her soul rest in peace.* Both subjunctives in main clauses to express a wish. p. 54, l. 25

31. **¿queréis no llorar más?** *WILL you stop crying?* p. 55, l. 2

32. **le agradecería en el alma que se retirase:** *I'd be awfully grateful to you if you went away.* Subjunctive in secondary sequence after the conditional tense of **agradecer**, a verb of emotion. p. 55, l. 24

33. **Vengan los zapatos. Mientras no nos des:** *Let me have those shoes. So long as you don't give us.* **Vengan** is a command. **Des** is subjunctive after **mientras**, indefinite time in the future. p. 56, l. 14

34. **no teniendo ni tanto así de cobarde he quedado sin alma en mi almario:** *not being even so much of a coward I have been beside myself.* **Ni tanto así** is accompanied by a gesture made by the thumb and forefinger to show just how much. **Almario** is a popular form for **armario**, *closet.* **Alma** is used in several expressions in this scene: **Vecina de mi alma,** *My dear neighbor;* **¡Se arranca el alma!** *It breaks your heart.* **Le agradecería en el alma,** *I'd be deeply grateful to you.* p. 57, l. 8

35. **¿no tienes la casa limpia?** *isn't your house clean?* p. 57, l. 13

36. **Merecías, por tonto, que colmara:** *You'd deserve, because you're a fool, that I should fill.* The imperfect indicative is often used for the conditional; subjunctive after **merecer.** p. 58, l. 4

37. **Eso tiene casarse a tu edad:** *That's the trouble with getting married at your age.* p. 58, l. 25

38. **Yo estoy de cuatro:** *I've lost four of them.* **Viudo** is understood after **estoy.** p. 59, l. 1

39. **dulzón:** *very good-natured, easy-going.* This augmentative simply intensifies **dulce,** *gentle.* The most common augmentative endings are **-ón, -azo, -ote, -aco, -ísimo;** besides indicating large size they may express ugliness or coarseness, scorn or mockery. p. 59, l. 16

40. **que si qué sé yo cuántos:** *and I don't know what all.* **Cuántos** is often used in this indefinite sense. p. 60, l. 13

41. **Cuca silvana:** *Clear out.* This expression Lorca probably recalled from his childhood; the poet's brother says their father used it. p. 60, l. 26

42. **Es una lástima que un hombre como tú no tenga:** *It's too bad a man like you hasn't.* Subjunctive is used after **es lástima que.** p. 61, l. 6

43. **Casi se me saltan las lágrimas:** *It almost makes me feel like crying.* p. 63, l. 7

44. **Me da vergüencilla:** *I'm embarrassed.* Notice the use of **dar.** The diminutive expresses her coquetry here. p. 63, l. 11

45. **Esto es dejar a una con la miel en los labios:** *This is leaving you with just a taste,* literally, *with the honey on your lips.* p. 63, l. 17

46. **¡Y aunque no vuelvas!** *It's all right if you don't come back!* p. 64, l. 10

47. **¡Vaya mucho con Dios!** *Good riddance.* p. 64, l. 12

48. **¡Me estarán poniendo! . . . En cada casa un traje con ropa interior:** *What a going over they must be giving me! . . . In every house from head to foot or turning me inside out.* p. 65, l. 7

49. **¡Estaría bueno!** *That would be a fine thing!* p. 65, l. 23

50. **¡que si yo, que si ella, que si los mozos!** (*The gossips are*

saying) that I this, that she that, that the young men. p. 66, l. 26

51. **Lo que es a mí:** *For MY part.* p. 67, l. 14
lo que es cuidarlo: *as for taking care of him.* l. 27

52. **¿No ha de importarme?** *Why shouldn't it be my business?* p. 67, l. 20

53. **Lograrás que se escape:** *You'll make it fly away.* Subjunctive after a verb of causation **lograr.** p. 68, l. 26

54. **Mira, ya te estás callando:** *Look, you'd better keep still.* p. 70, l. 20

Acto Segundo

1. **Al actor que exagere lo más mínimo en este tipo, debe el director de escena darle un bastonazo en la cabeza:** *Any actor that overdoes this role should be hit on the head with a cane by the stage manager.* **Exagere** is subjunctive after the indefinite antecedent. p. 72, l. 15

2. **Me trae absolutamente sin cuidado:** *It's absolutely immaterial to me.* p. 73, l. 4

3. **Éste es otro al que voy a tener que . . .** *This is another one I'm going to have to . . . "put out of the way"* is understood. p. 73, l. 7

4. **¡Requeteay!** *What a chorus of wails!* **Requete** is used before words colloquially for emphasis and means *extremely,* as in **requetebien,** *extremely well.* Later in our text **requeterrico vino** means *extremely delicious wine.* **Requete** before a word is equivalent to the **ísimo** added to adjectives and adverbs. p. 73, l. 27

5. **las coplas que te han sacado:** *the song they've made up about you.* The copla is a four-line stanza usually of eight syllables; here the coplas are maliciously suggestive verses sung to a popular tune. See pp. 77 and 159. p. 75, l. 18

6. **No hagas caso ninguno de lo que dicen:** *Don't pay any attention to what they are saying.* Compare **hacer caso de,** *to pay attention to something* with **hacer caso a,** *to pay attention to someone* in Exercise III. **Ninguno** after the noun is stronger than preceding it. p. 75, l. 23

7. **te pongo la lengua como un ascua:** *I'll make your tongue as red as a hot coal.* **Ascua** is feminine but words beginning with stressed **a** are used with the masculine definite article **el (el agua)** and often with the indefinite article **un.** p. 76, l. 2

8. **las chinas del fondo se veían reír, reír con el temblorcillo:** *you could see the pebbles laughing with the ripple of the water.* p. 76, l. 18

9. **se me fueron dos pañuelos preciosos, así de pequeñitos:** *two pretty handkerchiefs,* so *tiny, slipped out of my hands.* p. 76, l. 28

10. **NIÑO (*con la mano*): Medio, medio:** CHILD (*making a gesture with his hand*) *half-and-half, more or less.* This gesture to express uncertainty consists of a flip of the wrist. p. 77, l. 7

11. **¡Me la pagarán!** *They'll pay me for this!* The indefinite **la** is used when there is no definite antecedent referred to. p. 77, l. 17

12. **no tengo marido que vele por mí:** *I haven't a husband to look out for me.* Subjunctive after indefinite negative antecedent. p. 78, l. 13

13. **¡Antes un perro!** *I'd rather love a dog than you!* p. 79, l. 7

14. **Si yo te cogiera por mi cuenta, ¡vaya si te domaba!** *If I had you,* I'D *tame you!* p. 80, l. 4
15. *tenoriesco:* in the manner of Don Juan Tenorio. Don Juan is the irresistibly seductive lover-hero of many plays, but especially of *El Burlador de Sevilla* (1636) by Tirso de Molina and *Don Juan Tenorio* (1844) by José Zorrilla. p. 80, l. 15
16. **que yo de zapatera no me muevo:** *for I'll never give up being a shoemaker's wife.* p. 80, l. 25
17. **no por mucho despreciar amanece más temprano:** *dawn doesn't break sooner just because you look down on people,* that is, *you can't get anywhere by treating people badly.* p. 80, l. 27
18. **no creo que le estorbemos:** *I don't think we're in the way.* Subjunctive after a verb of thinking in the negative. p. 82, l. 4
19. **De muy lejísimos:** *From very far, far away.* **Muy** simply intensifies the ending **ísimos.** p. 82, l. 19
20. **Aleluyas son los hechos del zapatero mansurrón:** *The pictures tell about the exploits of the good-natured shoemaker.* **Aleluyas** were originally small religious pictures with the word **aleluya,** *hallelujah,* printed on them; they are usually thrown among the people on Easter-eve. Here they are a series of illustrations that tell a story in ballad verses. The Puppeteer has, besides the tale he tells here, the story of the Giant Fierabrás, the life of the celebrated bandit Diego Corrientes (who was executed in Seville in 1781), and the adventures of the ruffian Francisco Esteban. The **Historia de ciego** or **Romance de ciego** is the actual tale, usually in verse, often printed on loose sheets and then sold, or recited, or sung, by blind men on the streets. p. 83, l. 24
21. **Cuando usted guste:** *Whenever you're ready.* Subjunc-

tive after **cuando** expressing indefinite time in the future. p. 84, l. 7

22. **¡Con lo que yo lo quería!** *In spite of the fact that I loved him so much!* p. 89, l. 25

23. **eso ya es harina de otro costal!** *that's flour from another bag!* or *that's a horse of another color!* p. 91, l. 8

24. **Según se mire:** *That depends on how you look at it.* p. 91, l. 10

25. **Que si va con segunda:** *If you intend a double meaning.* p. 91, l. 18

26. **¡No pagaba con la muerte!** *Death would be too good for her!* Note the use of the imperfect indicative for the conditional. p. 92, l. 8

27. **A mi edad ya se está malamente por esas posadas de Dios:** *At my age it's awfully uncomfortable at all those wretched inns.* p. 92, l. 17

28. **¡Qué cosas tiene!** *What funny ideas you have!* p. 93, l. 6

Exercises

I. Beginning to page 48: Título, Personajes and Prólogo

A. Learn all the words in the title and cast of characters. Learn these words and phrases used in the Prologue:

actitud, *f.*	attitude
agrio,-a	bitter, sharp
amanecer	to dawn
ambiente, *m.*	environment, surrounding
aparecer	to appear
auditorio	public
banquillo	stool
como	a kind of
contrario,-a	contrary
todo lo –	quite the contrary
dentro	inside
por –	inside
detrás de	behind
escena	stage, scene, set
especie, *f.*	kind
una – de	a sort of
hacerse	to become
luchar	to struggle
miedo	fear
tener – a	to be afraid of
pelear	to quarrel

por	because of, on account of, out of
público	audience
salir	to come on stage; to go away
sino (que)	but (that); but, on the other hand
sitio	place
en todos los —s	everywhere
tiempo	time
hace mucho —	a long time ago
sombrero	hat
— de copa	high hat
vestir(i)	to dress, wear
— de	to dress as

B. Study in their context the forms and constructions explained in Notes 1 through 8.

C. Answer these questions in Spanish as fully as you can:
1. ¿De qué color es la cortina? ¿Por qué?
2. ¿De qué colores son las Vecinas?
3. ¿Qué pide el autor al público?
4. ¿Qué es lo que no pide?
5. ¿Qué es el teatro muchas veces?
6. ¿De qué no debe asustarse la gente?
7. ¿Por qué aparece violenta la Zapatera muchas veces?
8. ¿Cómo debe vestirse la Zapatera?
9. ¿Qué es lo que no puede llevar?
10. ¿Qué pasa cuando el autor inclina el sombrero de copa?

D. Translate into Spanish the English words in parentheses:
1. La Zapatera grita porque (she is impatient to come on).
2. El poeta no pide benevolencia (but attention).

3. El autor perdió (a long time ago his fear of the public).
4. La Zapatera (struggles with reality).
5. También con la fantasía cuando ésta (becomes reality).
6. La poesía se retira del teatro (because the latter is a commercial enterprise).
7. El autor viste a su criatura poética (as a simple shoemaker's wife).
8. El autor tiene que retirarse porque (shouts are heard).
9. Al descorrerse la cortina, (the light grows gradually brighter inside).
10. El autor crea a la Zapaterita popular con aire (of a proverb or a simple ballad).

II. Page 49 to page 51: Act I, to the entrance of Zapatero

A. Learn these words and phrases:

arreglar	to fix, repair
casado,-a	married
estar – con	to be married to
cintura	belt, waist
cuidado	care
tener –	to be careful
culpa	blame
tener la –	to be to blame
la culpa la tengo yo	it's all *my* fault
charol, *m.*	patent leather
detenerse	to stop
disgustarse con	to become annoyed with
estropear	to spoil, damage
guardar	to keep
hay que	one must, it is necessary
– – ver	you should see, you must admit

lengua	tongue
largo,-a de –	big-mouth
llevarse	to take away, keep
martillazo	blow with the hammer
martillo	hammer
meter	to put (into)
–se en *or* dentro	to get into
ni	not even
ni . . . ni	neither . . . nor
pasar	to pass; to happen
pelo	hair
portazo	blow or bang of the door
rabioso,-a	loud, violent
saber	to know (how)
ya sabía yo	I knew full well
soplar	to blow
talle, *m.*	figure; waist
telón, *m.*	drop-curtain
tirante	pulled tight back
tirar	to pull
–se del pelo	to pull one's hair out
valer	to be worth
más vale	it's better

B. Study in their context the forms and constructions explained in Notes 9 through 19.

C. Answer these questions as fully as you can:

1. ¿Cómo es la Zapatera?
2. Describan la escena.
3. ¿Cómo está vestida la Zapatera?
4. ¿Por qué tiene miedo el Niño?
5. ¿Por qué está furiosa la Zapatera?
6. ¿Cómo trata al Niño?

7. ¿Qué pide el Niño?
8. ¿Por qué llora la Zapatera?
9. ¿Qué le cuenta a la Zapatera el Niño?
10. ¿Por qué no quiere guardar el muñeco el Niño?

D. Translate into Spanish the English words in parentheses:

1. Aquí tienes el muñeco; puedes (take it away with you).
2. Hay que tener mucho cuidado con el charol (so that it will not be damaged).
3. La Zapatera dice que un mosco le ha picado pero que (it has stopped hurting already).
4. La Zapatera dice que (she should have stayed at home).
5. (She is to blame) porque se ha casado con un viejo.
6. —(It's I)—dijo el Niño. —(Is it you)?
7. La Zapatera dice que (she may have) hijos más hermosos que todas ellas.
8. No hay que dar muchos (blows of the hammer) a los zapatos de charol.
9. La Zapatera dice a la vecina que (it is better to be married to) un viejo que con un tuerto.
10. La habría arrastrado (if she hadn't gotten into her house).

III. Page 51 to page 54: To the exit of Zapatera

A. Learn these words and phrases:

aguantarse	to put up with it all
camisa	shirt
caso	case
hacer – a	to listen to, heed
conocer	to be acquainted with, know (a person); *pret.*, met
demasiado	too, too much, too well

dirigirse a	to go toward; to address
echar	to pour
escándalos	commotion
no me des —	don't cause a rumpus
hogar, ***m.***	home, hearth
importar	to matter
jaca	pony
mentira	lie
parece —	it seems impossible
parte, ***f.***	part
por todas —s	everywhere
prenda	garment; darling
pretendiente, ***m.***	suitor
siquiera	at least; even
terciopelo	velvet
traer	to bring, carry; to wear
vida	life, living, way of life
en su —	never in his life
vista	sight, view
hasta la —	so long, I'll be seeing you
volver(ue)	to return
—se	to turn around
vuelven a cruzar	they pass again

B. Study in their context the forms and constructions explained in Notes 20 through 28.

C. Answer these questions as fully as you can:
1. ¿Por qué se va el Niño?
2. ¿Qué edad tiene el Zapatero? ¿Y su mujer?
3. ¿Por qué se casó ella, según dice?
4. ¿Qué le ofrece para calmarla su marido?
5. ¿Quién era Emiliano?
6. ¿Por qué está furioso el Zapatero?

7. ¿De qué otro pretendiente le cuenta la Zapatera?
8. ¿Quiénes escuchan la conversación?
9. ¿Qué dice la Zapatera que un Zapatero no se ha puesto en su vida?
10. ¿Cómo sale la Zapatera? ¿Por qué?

D. Translate into Spanish the English words in parentheses:

1. El Zapatero pide a su mujer que (she shouldn't raise a rumpus).
2. Le dice además: —Eres mi mujer, (whether you like it or not).
3. La Zapatera contesta que se sabe (everywhere) que ha tenido muchos pretendientes.
4. Dice que su marido (never in his life could have been eighteen years old).
5. El pretendiente que más le gustaba a la Zapatera venía (mounted on a black pony).
6. El Zapatero dice: — (God's will be done).
7. Dice que cuando se casó ella estaba (without a shirt or a home).
8. Mientras hablan, (two neighbors pass again).
9. La Zapatera pretende que podía haberse casado con (the best people of these plains).
10. —Maldito sea mi compadre Manuel—dice. —¿Por qué (did I ever listen to him)?

IV. Page 54 to page 58: To the entrance of Alcalde

A. Learn these words and phrases:

agradecer	to thank, be grateful (for)
aprovechar	to make use of
que te aproveche	may you enjoy her, it
—se de	to take advantage of

arruga	wrinkle
asco	disgust
¡qué asco!	how disgusting!
asomar(se)	to put one's head out
broma	joke
ya no estoy para —s	I'm no longer in any mood for joking
colmar	to fill (up)
colmado,-a	full to the brim
comadre, ***f.***	gossip, old woman
cuerda	spring
dar — a	to wind up
cuidado	care
— con	look out for
dar	to give
lo mismo se me da a mí	it's all the same to me
delante de	in front of
desocupado	idler
despachar	to serve
empeñarse (en)	to insist (on)
estar	to be
— bien	to be well off
¿están bien en dos pesetas?	will two pesetas do?
guardar	to put away; to keep
hervir(ie)	to boil
sin —	raw
huevo	egg
llevar	to carry, bring; to charge
¿Cuánto me vas a —?	How much are you going to charge me?
tres meses llevamos de casados	we've been married for three months
llevado y traído	bandied about

modo	manner, means
de – que	so that, so
Pascuas	Easter; Christmas
poner	to put
–le a uno verde	to abuse, insult
quedar(se)	to remain; to be left
quizá(s)	maybe
sitio	place
por otro –	somewhere else

B. Study in their context the forms and constructions explained in Notes 29 through 36.

C. Answer these questions as fully as you can:
1. ¿Por qué dice el Zapatero que se ha casado con la Zapatera?
2. ¿Cree que le está bien empleado? ¿Por qué?
3. ¿A qué viene la Vecina roja?
4. ¿Con quién dice ella que debió casarse el Zapatero?
5. ¿Qué habían comido ayer en casa del Zapatero? ¿Por qué?
6. ¿Qué la hace salir furiosa a la Zapatera?
7. ¿Cuándo se llevará la Vecina roja los zapatos?
8. ¿A qué tenía miedo el Zapatero?
9. ¿Cómo se defiende la Zapatera? ¿Qué dice en su defensa la Zapatera?
10. ¿Cómo han pasado el tiempo que llevan de casados el Zapatero y la Zapatera?

D. Translate into Spanish the English words in parentheses:
1. El pobre Zapatero se decía: —(When you consider how well off I was).

2. Mi hermana tiene la culpa porque (she insisted that I was going to be left alone).
3. La Vecina roja quiere (to take advantage of) la situación, pagando lo menos posible.
4. Ella pregunta mimosa: —¿(How much are you going to charge me for them)?
5. La Zapatera grita que (so long as the Vecina doesn't give ten pesetas for them) allí se quedarán.
6. El Zapatero dice que (he isn't even this much of a coward), pero que le gusta la paz.
7. La Zapatera contesta que (she winds up his watch for him every night).
8. El Zapatero (is no longer in any mood for joking).
9. A la Zapatera (it's all the same) que su marido esté colmado o no.
10. Dice que él puede ir a buscar la comida (somewhere else).

V. Page 58 to page 62: To the exit of Alcalde

A. Learn these words and phrases:

aficionado,-a	fond of
atreverse a	to dare to
barbaridad, *f.*	cruelty
es una —	it's dreadful
capaz	able
carácter, *m.*	strength of character
casualidad, *f.*	chance
por —	by chance
ceja	eyebrow
cintillo	ring
cintura	waist
meter en —	to subdue
collar, *m.*	necklace

coquetear	to flirt
enamorado,-a	in love
estar – de	to be in love with
encantar	to charm
me encantan	I'm crazy about them
explicar	to explain
—se	to understand
guapo,-a	good-looking
hasta	even, until
jaleo	commotion; Andalusian dance
juicio	judgment
se te ha vuelto el –	you've lost your mind
lástima	pity
es –	it's too bad
qué – de talle	what a wonderful figure
lucir	to shine, show off
—se	to make a fine showing, make a mess of things (ironic)
maceta	flower pot
moza	young woman
buena –	fine figure of a woman
onda	wave
peineta	high Spanish comb
– de concha	tortoise shell comb
probar(ue)	to try out, test, taste
remedio	remedy
no hay otro –	there's no other way
sangre, *f*.	blood
se me está encendiendo la –	she makes my blood boil
tampoco	either, neither
viudo	widower
estar –	to have lost a wife

B. Study in their context the forms and constructions explained in Notes 37 through 42.

C. Answer these questions as fully as you can:

1. ¿Cómo está vestido el Alcalde?
2. ¿Cómo dice que hay que tratar a las mujeres?
3. ¿Qué hacían sus mujeres en casa?
4. ¿Qué regalillos había dado el Zapatero a su mujer?
5. ¿Qué dice el Alcalde al ver a la Zapatera?
6. ¿Dónde le gustaría a la Zapatera poner macetas?
7. ¿Por qué, según ella, no le gustan las flores a su marido?
8. ¿Con quién coquetea la Zapatera?
9. ¿Qué dijo el Zapatero al Alcalde que pensaba hacer?
10. ¿Qué le pareció esto al Alcalde?

D. Translate into Spanish the English words in parentheses:

1. El Alcalde cuenta que sus cuatro mujeres habían sido (very fond of clean water).
2. De otro modo (they would have tasted his stick).
3. Si (they dare to) hacer kikirikí (there's no other way).
4. Le dice al Zapatero que (that's the trouble with getting married at his age).
5. Es lástima que (he hasn't the strength of character that he should have).
6. La Zapatera dice que (she's crazy about flowers).
7. —¡(What a figure)!—dice el Alcalde.
8. El Zapatero confiesa que (it's dreadful) pero que (he isn't in love with his wife).
9. Además, (he doesn't understand) cómo se ha casado con ella; ¡(she makes his blood boil)!
10. El Alcalde cree que (the Shoemaker has lost his mind).

VI. Page 62 to page 66: To the exit of Zapatera

A. Learn these words and phrases:

almendra	almond
baraja	deck of cards
calentura	fever
candil, *m.*	oil-lamp
compás, *m.*	rhythm
llevar el –	to beat time
compromiso	commitment
cosquillas	tickling
hacer –	to tickle
daño	damage
hacer –	to hurt
estornudar	to sneeze
flauta	flute
fresco	cool air
guitarra	guitar
igual	same, equal
– que usted	the same as you
junco	reed, rush
lumbre, *f.*	fire, light
manchar	to stain
moverse(ue)	to move
novio	sweetheart
los –s que se van de viaje	honeymooners
oreja	ear
pajarraco, *aug.*	big ugly bird
pañuelo	handkerchief, kerchief
pegar	to strike, hit
portal	doorway
ropa	clothes
– interior	underwear

sentido	direction, sense
soltar(ue)	to let go
suspiro	sigh
tarjeta	card
— postal	postcard
tiro	shot
trapo	rag
— de fregar	dish-rag
vuelta	turn
dar —s a	to turn about

B. Study in their context the forms and constructions explained in Notes 43 through 49.

C. Answer these questions as fully as you can:

1. ¿Qué hace la Zapatera mientras está sentada en la ventana?
2. ¿Qué hace entonces el Zapatero?
3. ¿Le gusta a la Zapatera la flauta?
4. ¿Qué escenas imagina?
5. ¿Qué dice cuando cesa la música?
6. ¿Cómo es Don Mirlo?
7. ¿Con qué compara Mirlo a la Zapatera?
8. ¿Por qué le pega la Zapatera a Don Mirlo?
9. ¿Qué le llama?
10. ¿Qué dos extremos hay en el pueblo según la Zapatera?

D. Translate into Spanish the English words in parentheses:

1. Al oír la música la Zapatera, (tears come to her eyes).
2. Parece mentira que (ugly birds speak).
3. Cuando Mirlo dice que volverá, la Zapatera contesta: —(It's all right if you don't come back).
4. Mozo: Sin el sí (I won't move from this doorway).

5. Zapatera: Parece que (they are tickling me behind the ear).
6. Mozo: Dame tu palabra, o (do you have another commitment)?
7. Zapatera: Me gusta oírle hablar, nada más. ¡(It would be a fine thing)!
8. Mozo: Eres digna (to be painted on a postcard).
9. Zapatera: No tengo la culpa (if I have hurt you. Good riddance)!
10. Zapatero: ¡(What a going over they must be giving me in all the houses)!

VII. Page 66 to page 71: To the end of Act I.

A. Learn these words and phrases:

algazara	commotion
armar gran —	make great commotion
alrededor de	around
antipático,-a	unpleasant, disagreeable
bastar	to be enough
me basto y me sobro	I am quite able to take care of myself
bulto	bundle
cáscara	peel
cocido	stew
dedo	finger
dejar	to let
— de	to stop
diligencia	stage-coach
grandote,-a, *aug.*	big, clumsy (one)
horquilla	hairpin
limón, *m.*	lemon
lograr	to succeed in

llorar	to cry
— a gritos	to cry out loud
mariposa	butterfly
notición, *m. aug.*	big or sensational news
pimiento	red pepper
pisar	to step (on)
quicio	hinge
quitar	to remove
refresco	cold drink
regañar	to scold
rodilla	knee
señalar	to point to
tardar	to delay
tocino	bacon
topar(se) con	to bump into
volar(ue)	to fly

B. Study in their context the forms and constructions explained in Notes 50 through 54.

C. Answer these questions as fully as you can:
1. ¿Con qué sale el Zapatero? ¿De qué se despide?
2. ¿Con quiénes se topa? ¿Dónde?
3. ¿De qué hablará todo el pueblo?
4. ¿Qué hace la oveja grandota y antipática?
5. ¿Qué ha puesto en el cocido la Zapatera?
6. ¿Qué notición trae el Niño?
7. ¿Por qué tarda tanto tiempo en contarlo?
8. ¿Cómo recibe la noticia la Zapatera?
9. ¿Quería la Zapatera a su marido?
10. ¿A qué vienen las vecinas? ¿Qué hacen?

D. Translate into Spanish the English words in parentheses:
1. El Zapatero prefiere vivir solo que no (pointed to by everyone's finger).

2. La Zapatera dice al pastor: —¿(Why shouldn't it be my business)?
3. Si tarda su marido dos minutos más, comerá ella sola, pues (she's more than able to take care of herself).
4. (For my part) me chalan las ovejitas.
5. El Alcalde le dice a la Zapatera (that she must be still).
6. La Zapatera dice que las Vecinas (are to blame for everything).
7. Las Vecinas (turn about) con sus grandes faldas y (make great commotion).
8. La pobre Zapatera (cries out loud).
9. El Niño no quiere (stop running) tras la mariposa.
10. Por fin (he makes it fly away).

VIII. Page 72 to page 75: Act II, to the entrance of Niño

A. Learn these words and phrases:

abanico	fan
apoyarse	to lean
botella	bottle
brazo	arm
—s al aire	bare arms
cine, *m.*	movies
colocar	to place, put
comprometerse	to pledge oneself
copa	wineglass, glass of wine
coraje, *m.*	anger
tengo tanto —	I'm so mad
crudo,-a	raw
cuernos	horns
derramar	to spill
diente, *m.*	tooth
entre —s	muttering

enterar	to inform
—se	to find out, learn
exigir	to require, demand
fregar(ie)	to wash dishes
mínimo	least
en lo más —	in the slightest
morder(ue)	to bite
mostrador, *m.*	counter
naturalidad, *f.*	naturalness
sesos	brains
tapar	to cover
tomar	to take, have
toro	bull
vaso	glass

B. Study in their context the forms and constructions explained in Notes 1 through 4, Acto Segundo.

C. Answer these questions as fully as you can:
1. ¿Cuánto tiempo hace que se fué el Zapatero?
2. ¿Qué ha hecho la Zapatera para ganarse la vida?
3. ¿Quiénes están sentados en las dos mesas? ¿Qué hacen?
4. ¿Quién aparece en la puerta? ¿Por qué está tan triste?
5. ¿Quiere la Zapatera que entre?
6. ¿Qué le pasará a la Zapatera si él la sigue mirando?
7. ¿Qué es el deber de la mujer casada, según la Zapatera?
8. ¿Por qué no se asusta de nadie?
9. ¿Qué hacen las majas al pasar?
10. ¿Qué hace Mirlo al marcharse?

D. Translate into Spanish the English words in parentheses:
1. La Zapatera (is washing the glasses and wineglasses).
2. Luego (she places them on the counter).

3. Viste un traje rojo y (her arms are bare).
4. El Autor no quiere que el tipo del Mozo de la faja (be exaggerated in the slightest).
5. Porque la farsa sobre todo (demands naturalness).
6. La mujer que se casa (pledges herself until death), según la Zapatera.
7. El Mozo del sombrero (is so mad) que quiere morder los sesos crudos de un toro.
8. Dice la Zapatera que no es posible que (she put up with all this).
9. (You can all learn) que no me asusto de nadie.
10. El Autor dice que el principio del Acto Segundo (is almost a movie scene).

IX. *Page 75 to page 78: To the entrance of Alcalde*

A. Learn these words and phrases:

acudir	to come, gather
ancho,-a	wide
en lo – de la calle	in the middle of the street
anillo	ring
arroyo	stream
cardenal, *m.*	bruise
cola	tail
cortejar	to court
culpa	blame
echar la – a	to blame
china	pebble
desgraciado,-a	unhappy
doler(ue)	to hurt
encaje, *m.*	lace
– de bolillos	bone-lace
engañar	to deceive

fondo	bottom
interesado,-a	self-interested
interesadillo,-a	looking out for oneself
lavar	to wash (clothes)
lengua	tongue; language
lugar, *m.*	place
dar – a que	to cause
mantón de manila, *m.*	Spanish shawl
merienda	afternoon snack
nacer	to be born
paño	cloth
pandero	tambourine
picante	hot
risa	laughter
¡Qué risa!	How amusing! How funny!
vez, *f.*	time
de una –	once and for all

B. Study in their context the forms and constructions explained in Notes 5 through 11.

C. Answer these questions as fully as you can:

1. ¿A qué ha venido el Niño?
2. ¿Sabe las coplas que le han sacado a la Zapatera?
3. ¿Qué dice ella que le hará si las canta?
4. ¿Cómo ha recibido el cardenal que tiene en la rodilla el Niño?
5. ¿Qué le cuenta la Zapatera de cómo era su marido cuando le conoció?
6. ¿Cómo iba vestido el Zapatero entonces?
7. ¿Por qué cree el Niño que la Zapatera le engaña?
8. ¿Qué dicen las coplas?
9. ¿A qué van a dar lugar a que haga la Zapatera?
10. ¿Cómo lleva el compás el Niño?

D. Translate into Spanish the English words in parentheses:

1. La Zapatera dice que los que tienen la culpa (blame her).
2. El Niño dice que el cardenal (hurts him very much).
3. Los desocupados (have made up the song about) la Zapatera.
4. El Niño no había visto el caballo blanco del Zapatero (because he hadn't been born yet).
5. La Zapatera lavaba en el arroyo cuando (she met the Zapatero).
6. Al verle (the two handkerchiefs she was washing slipped out of her hands).
7. Ella dice al Niño que no (pay attention to what they say).
8. Cuando oye las coplas, dice la Zapatera:—(They'll pay me for this).
9. Al marcharse su marido (she had set up a tavern) donde acude todo el señorío.
10. Dime lo que dicen (so that I'll know it once and for all).

X. *Page 78 to page 81: To the Puppet Show*

A. Learn these words and phrases:

abarcar	to embrace, contain
aborrecer	to hate
acabar	to end, finish
– de	to have just
acostumbrado,-a	accustomed
estar – a	to be used to
aguardar	to await
alejarse	to become distant
amapola	poppy

anteayer	day before yesterday
autoridad, *f.*	authority
azucena	lily
cárcel, *f.*	jail
cero	zero
— a la izquierda	a mere cipher
constar	to be evident
dátil, *m.*	date
despreciar	to look down on
fuente, *f.*	fountain
lujo	luxury
mono	monkey
ocurrir	to happen
¿qué ocurre?	what's the trouble?
oído	hearing
palmera	palm tree
poder	to be able
— con	to be able to manage
prado	meadow
sabio,-a	wise, clever, learned
tendido,-a	hanging
títeres, *m.*	puppets
tropezar(ie) con	to run into

B. Study in their context the forms and constructions explained in Notes 12 through 17.

C. Answer these questions as fully as you can:

1. ¿Qué dice el Alcalde que ha hecho con los que venían cantando?
2. ¿Lo cree la Zapatera? ¿Qué dice?
3. ¿A quién trata bien la Zapatera?
4. ¿Por qué había estado enfermo el Alcalde anteayer?

5. ¿Por qué debía callar, según la Zapatera?
6. ¿Qué cosas le ofrece el Alcalde?
7. ¿Qué dice la Zapatera que haga con el estrado y con la cama?
8. ¿Qué dice de sus cuatro mujeres?
9. ¿De qué debía enterarse ella, según el Alcalde?
10. ¿Qué se oye fuera?

D. Translate into Spanish the English words in parentheses:

1. —¿(Isn't anyone serving here?)—pregunta el Alcalde.
2. La Zapatera dice que todos se ríen de ella porque no tiene (a husband to look out for her).
3. El Niño quiere traer el espadón pero (he can't manage it).
4. Al Alcalde le gustan las mujeres (whose waists he can embrace) entre dos dedos.
5. El dice que (it's evident to him) que el Zapatero no volverá.
6. —Porque (I'm not used to those luxuries)—contesta la Zapatera.
7. El Alcalde dice que (he will end up putting her in jail).
8. —Lo que es a ella—, dice la Zapatera, —que espere el Alcalde (under the palm trees until the dates fall into his mouth).
9. También que (he should look at himself in all the mirrors).
10. Ella no quiere (be anything but a shoemaker's wife).

XI. Page 81 to page 85: To the Romance

A. Learn these words and phrases:

absolutamente absolutely; absolutely not

acaso	perhaps
por si —	just in case
aguzar	to sharpen
apariencia	appearance
bocado	bit
colocar el —	to bridle
cartel, *m.*	showbill
ciencia	knowledge, science
convenir	to suit, be good for
cuanto	all that
en —	as soon as
desenrollar	to unroll
disfrazado,-a	in disguise
enrollado,-a	rolled up
entendimiento	understanding, intelligence
estorbar	to be in the way, bother
extrañeza	surprise
figurarse	to imagine
fijarse (en)	to pay attention (to)
historia	history, story
— sagrada	Bible
— de ciego	ballad recited or told by blind man
lejos	far
lejísimos	extremely far
listo,-a	clever, intelligent
oficio	trade
parecer, *m.*	opinion
parlanchín,-ina	talkative
respondón,-ona	impudent, saucy
romance, *m.*	ballad, tale
titiritero	puppeteer
trompeta	trumpet
uva	grape

B. Study in their context the forms and constructions explained in Notes 18 through 21.

C. Answer these questions as fully as you can:

1. ¿Qué cosas trae el titiritero?
2. ¿Por qué le sigue mirando con gran extrañeza el Niño?
3. ¿Dónde están los Vecinos? ¿Entran por fin?
4. ¿De dónde viene el titiritero?
5. ¿Qué oficio tienen todos los filipinos? ¿Qué dice sobre esto la Zapatera?
6. ¿En qué consiste el trabajo del titiritero?
7. ¿Qué hay pintado en el cartelón?
8. ¿Qué pide al público el titiritero?
9. ¿Qué les va a contar?
10. ¿Por qué le pide la Zapatera al Niño que se fije bien?

D. Translate into Spanish the English words that are in parentheses:

1. El titiritero hará los títeres (as soon as he's had this extremely delicious wine).
2. Viene de (far, far away). De las Filipinas, (just imagine).
3. Les va a hablar del arte (of bridling talkative, saucy women).
4. El Alcalde dice que empiece (whenever he's ready).
5. El parecer del Niño es que (it can't be harder than the Bible).
6. El Zapatero disfrazado (unrolls the showbill and shows the pictures).
7. Según el Alcalde estas enseñanzas (are good for everybody).
8. La Zapatera le dice al Niño que (her husband's voice was much sweeter).
9. Las Vecinas no creen (that they're in the way).

10. Oigan el romance verdadero (so that it will serve as) ejemplaridad a todos.

XII. Page 85 to page 89: To the exit of Vecinos

A. Learn these words and phrases:

acequia	canal
adelfa	oleander
arisco,-a	harsh; fierce
brisa	breeze
burlar	to mock
cenar	to have supper
contenerse	to control oneself
cortijo	farm-house; ranch
cuero	leather
curva	bend, curve
eso	that
a — de	around
fiera	beast
girar en	to border on
interrumpir	to interrupt
jaral, *m.*	rockrose shrub
lástima	pity
me da mucha —	it makes me feel bad
madreselva	honeysuckle
matar	to kill
memoria	memory
de —	by heart
miedo	fear
me da mucho —	it makes me awfully afraid
navaja	razor, knife
pasar	to happen, pass, enter
— de cincuenta	to be over fifty
¿Qué os pasa?	What's the matter with you?

puñalada	dagger thrust, stab
coserse a —s	to cut each other up
reñir(i)	to quarrel
romper	to break
— a	to burst out
sombra	shadow
talabartera	saddler's wife
talabartero	saddler
tomillo	thyme
tunante, *m.*	rogue
yerbabuena	mint

B. Memorize the first twenty-two lines of the *Romance* (to limonera).

C. Answer these questions as fully as you can:

1. ¿Cómo aparece la Talabartera en las Aleluyas? ¿Y el Talabartero?
2. ¿A qué olía la ropa de la Talabartera?
3. ¿Cuándo llegó su amigo? ¿Cómo?
4. ¿Qué dice que piensa hacer?
5. ¿Qué mozos la cortejaban?
6. ¿Qué estaba haciendo su marido entretanto?
7. ¿Qué está mirando la Vecina negra mientras habla el Titiritero?
8. ¿Por qué salen todos los Vecinos?
9. ¿En qué se parece el *Romance* a la historia de la Zapatera?
10. ¿Qué impresión le hace a la Zapatera el *Romance?*

D. Translate into Spanish the English words that are in parentheses:

1. El Talabartero y su mujer viven (in a farm-house in Cordova surrounded by oleanders).

2. El amigo llega cuando el sol deja (the reeds and honeysuckle without shadow).
3. —(Please don't interrupt me)—dice el Titiritero.
4. Me consta que (you don't have to say it by heart).
5. El Talabartero (was over fifty and his wife was near twenty).
6. El amigo quiere esperar al marido (in the bend of the canal to kill him).
7. La Vecina negra dice que los mozos (are cutting each other up) en la calle.
8. El Niño dice que (it makes him awfully afraid).
9. La Zapatera (can't control herself and bursts out crying).
10. —Niña—, le dijo el amigo a la Talabartera,—(if you wanted to, we'd have supper alone tomorrow).

XIII. Page 89 to page 94: To the entrance of Niño

A. Learn these words and phrases:

alegrarse (de)	to be glad (to)
bolsillo	pocket
guardar la lengua en el –	to keep still
busca	search
en su –	in search of her
calor, *m.*	warmth, heat
calle, *f.*	street
estar en la –	to be out
costear	to afford, pay for
dominante,-a	bossy
duda	doubt
no cabe –	there's no (room for) doubt

encontrar(ue)	to find
—se	to be
envidia	envy
su marido me da —	I envy your husband
faltar	to lack; to be disrespectful
fantasía	fantasy, imagination
fantasioso,-a	vain, presumptuous
golosina	delicacy, trifle
gustar de	to enjoy
harina	flour
historieta, *dim.*	tale, yarn
impresionar	to impress, leave an impression on
luz, *f.*	light
de pocas luces	not very intelligent
mentar(ie)	to mention
mentir(ie)	to lie
mentira	lie
de mentirijillas	just in fun, make believe
negar(ie)	to deny
odio	hatred
recuerdo	memory, reminiscence
salud, *f.*	health, strength
sentimiento	feeling
sino	fate
sobresalto	dread, surprise
soñar(ue) con	to dream about
sordo,-a	deaf
susto	fright
me daba un —	I'd get frightened
temblar	to tremble
tonto,-a	fool
— de capirote	a complete fool

B. Study in their context the forms and constructions explained in Notes 22 through 28.

C. Answer these questions as fully as you can:

1. ¿Por qué la miran con odio las Vecinas a la Zapatera?
2. ¿Qué dice la Zapatera que era para ella su marido?
3. ¿Qué dice de él el Zapatero?
4. ¿Qué cosas sabía el Zapatero, según la Zapatera?
5. ¿Por qué dice el Zapatero que es mentira lo que le cuenta?
6. ¿Qué es lo que no se puede negar, según la Zapatera? ¿Cuál es el parecer del Zapatero sobre esto?
7. ¿Por qué está ella sobre ascuas?
8. ¿Qué piensa de la mujer que le abandonó al Zapatero?
9. ¿Por qué va en su busca el Zapatero?
10. ¿Qué le dice del café a la Zapatera? ¿Por qué se alegra de marcharse?

D. Translate into Spanish the English words in parentheses:

1. —¿(Have you lost your mind?)—pregunta la Zapatera.
2. —Me contaba historietas y me decía (that they were only make believe).
3. —Y su marido, ¿(is he out)?
4. —Me abandonó (in spite of my loving him so much).
5. —Entonces (he could not be very intelligent; he's a complete fool).
6. —Era muy listo; (you better keep still).
7. —¿Por qué (are you disrespectful? It's my fate;) hay mujeres fantasiosas.
8. —Eso lo dice usted por mí. (If you intend a double meaning) dígalo.
9. —Mi mujer quería (trifles I couldn't afford; I envy your husband).
10. —¡(What strange ideas you have!) He dicho tantas

veces que sólo estoy enamorada de mi marido (so that even the deaf would hear it).

XIV. Page 94 to page 100.

A. Learn these words and phrases:

aguacero	heavy shower
amortajado,-a	in a shroud
avisar	to warn, inform
cambiar (de)	to change
campana	bell, church bell
tocar las –s	to ring the church bells
cano,-a	gray (hair)
volverse –	to turn gray
cómoda	dresser
cuenta	account
ajustar –s	to settle accounts
cristal, *m.*	glass, pane
disfraz, *m.*	disguise
disparate, *m.*	nonsense, mistake
echar	to throw (out)
emocionarse	to be moved
emprender	to undertake
felicidad, *f.*	happiness
feria	fair
gafas	eyeglasses
gana	desire
me dan –s	it makes me feel like
gordo,-a	fat
hacer algo –	to do something violent
granuja, *m.*	rogue
herida	wound
juez, *m.*	judge

loco,-a	mad, crazy
nos trae locas	she has us crazy
volverse –	to go mad
locura	madness
palo	stick, blow
parador, ***m.***	inn
pecho	chest, bosom
pena	sorrow
me da una –	I feel so sad
pillo	rascal
poder	to be able
ya no puedo más	I can't bear it any longer
ramo	bouquet
rendirse(i)	to yield
sábana	sheet
sospechar	to suspect
tiempo	time
con —	in time

B. Memorize the *Coplas*. For the tune, see pp. 159–161.

C. Answer these questions as fully as you can:

1. ¿Qué cuenta el Niño de lo que ha pasado?
2. ¿Qué quieren las mujeres del pueblo?
3. ¿Por qué parece la feria en la plaza?
4. ¿Por qué le dan ganas de llorar al Zapatero?
5. ¿Cómo quisieran ver a la Zapatera las Vecinas?
6. ¿Qué dicen cuando el Zapatero no quiere marcharse?
7. ¿De qué familia es la Zapatera?
8. ¿Qué ruidos le dan miedo por la noche?
9. ¿Cuándo tiene que emprender el viaje el Zapatero?
10. ¿Por qué no le deja pagar la Zapatera?
11. ¿Qué le desea al Zapatero?

12. ¿Qué quiere que le diga a su marido si le encuentra en sus caminatas?
13. ¿Cómo le recibiría si volviera?
14. ¿Qué hace entonces el Zapatero?
15. ¿Cómo recibe a su marido la Zapatera?

D. Translate into Spanish the English words in parentheses:

1. VECINAS: Que se vaya. (She has us crazy; we'd like to see her dead with a bouquet on her chest).
2. ZAPATERO: (I'll have to settle accounts) con todos.
3. VECINAS: Otro en el garlito. (But we've warned you in time).
4. ZAPATERO: (What nonsense not to suspect) que mi mujer es de oro puro.
5. ZAPATERO: Si todos la asedian ¿(why don't you change your way of living)?
6. ZAPATERA: ¿(Have you lost your mind)? No me rendiré (until my hair turns gray).
7. ZAPATERO: (I'm awfully sorry) pero tengo que marcharme.
8. ZAPATERA: (It makes me so sad) quedarme sola. ¡Qué susto con (the heavy shower on the panes)!
9. ZAPATERO: ¿Qué haría (if by chance your husband returned)?
10. ZAPATERA: (I'd go crazy with joy) si viniera.
11. ZAPATERO: (I can't stand it any longer), Zapatera de mi alma. (He takes off his glasses and disguise).
12. ZAPATERA: (I'm so glad you've come back); ya somos dos a defender la casa.
13. ZAPATERA: ¡(What a life I'm going to give you)! ¡Peor que la Inquisición!
14. ZAPATERO: ¡Casa de mi felicidad! Ya no más (horrible inns with bad meals and sheets).

15. En las ventanas aparecen las Vecinas y (the bells begin to ring furiously).

XV. Repaso

I. One good way of reviewing vocabulary is to make lists of words in the text by category.

For example: fruits: dátil, almendra, limón, uva, etc.
flowers, shrubs, trees, plants: amapola, azucena, adelfa, clavellinita, palmera, tomillo, yerbabuena, jaral, junco, etc.
parts of body: pelo, ceja, dedo, brazo, oreja, diente, corazón, etc.

In the same way: colors, articles of clothing, etc.

II. Give two ways of expressing each of the following words and phrases:

1. raw milk
2. to run into
3. to be afraid of
4. a kind of
5. audience
6. to imagine
7. to quarrel
8. everywhere
9. perhaps
10. to await

III. Use in original Spanish sentences these expressions:

1. parece mentira
2. tener la culpa
   echar la culpa a
3. hacer caso a
   hacer caso de
4. cuidado con
5. es menester
6. dar vueltas a
7. hacer daño
8. por si acaso
9. fijarse
10. en su vida

IV. Translate into Spanish the English words in parentheses:

A. 1. El autor no pide indulgencia (but attention).
2. La Zapatera lucha con la fantasía cuando ésta (becomes) realidad.
3. (Quite the contrary), es un mosco que me ha picado.
4. (Don't be so impatient) to come on.
5. (It's better to be married to an old man) que con un tuerto.
6. La culpa la tengo yo; (I should have stayed at home).
7. Si lo supiera (I'd pull my hair out).
8. (If you don't get into your house) te arrastraré.
9. No se preocupe; (they'll be fixed).
10. Aquí tienes tu muñeco; (I don't want to take it away with me).
11. Tenga cuidado con el charol (so it won't get damaged with a blow of the hammer).
12. La Zapatera cree que su marido (has to put up with it all).
13. Por Dios, hija, (don't cause a rumpus).
14. Las Vecinas (pass again) para ver lo que ocurre.
15. Dice que ha tenido pretendientes (from among the best people of these plains).
16. Eres mi mujer (whether you like it or not).
17. ¿Cuánto me vas a llevar? ¿(Will two pesetas do)?
18. El Zapatero (is no longer in any mood for joking).
19. Vengan los zapatos; (so long as you don't give ten pesetas for them), aquí se quedan.
20. La Zapatera (is very fond of) coquetear.

21. Aunque no lo parece (she is in love with her husband).
22. El no se explica cómo se casó; (he must have lost his mind).
23. Al oír la música (tears come to her eyes).
24. La Zapatera dice que (she's crazy about) ovejitas.
25. El Niño (stops running) tras la mariposa.

B. 1. —(I pledged myself) hasta la muerte—dice la Zapatera.
2. Pase si quiere; (it's all the same to me).
3. Dímelo para que lo sepa (once and for all).
4. Están cantando (the verses they've written about her).
5. El cardenal (hurts me very much).
6. La Zapatera inventó cómo era el Zapatero (when she met him).
7. Voy a tener que (put you in jail).
8. Quédese con todo; (I'm not used to such luxuries).
9. —(Is your husband out?)—pregunta el Titiritero.
10. Me gusta (to bridle) a las mujeres parlanchinas.
11. Puesto que estamos en lo más ancho de la calle (I don't think we're in the way).
12. Estos ejemplos (are good for everybody).
13. —No será (harder than the Bible)—dice el Niño.
14. La Zapatera (bursts out crying), al escuchar el *Romance* del Talabartero.
15. El pasaba de cincuenta y (she bordered on twenty).
16. (It's obvious) que usted no lo sabe de memoria.

17. Ella se alegra de que (her husband has returned).
18. —(I envy your husband)—le decía el Titiritero.
19. Mi mujer me abandonó porque no podía (pay for the sweets) que quería.
20. Todos miran con expectación cuando el Titiritero (unrolls the playbill).
21. Van a (dream about me) esas brujas.
22. Voy a tener que (do something violent).
23. Zapaterita, ¡(you've made a fine showing)!
24. Usted debe tomarme por (a complete fool).
25. Esa oveja (big and clumsy) está pisando (the little tiny one).

Songs

ANDA JALEO

Recogida y armonizada por
Federico García Lorca

Yo me su- bía un pi- no ver- de por ver si
Y só- lo di- vi- sé el pol- vo del co- che
la di- vi- sa- ba, por ver si la di- vi-
que la lle- va- ba, del co- che que la lle-

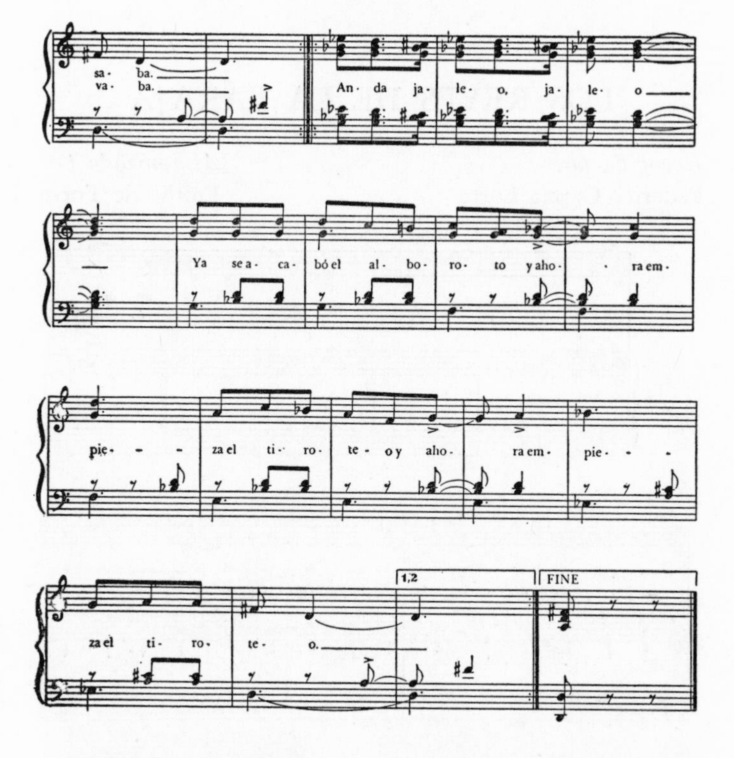

En la calle de los Muros
mataron a una paloma,
mataron a una paloma,
yo cortaré con mis manos,
las flores de su corona,
las flores de su corona.
Anda jaleo, etc.

No salgas, paloma, al campo,
mira que soy cazador,
mira que soy cazador,
y si te tiro y te mato,
para mí será el dolor,
para mí será el quebranto.
Anda jaleo, etc.

LOS REYES DE LA BARAJA

Recogida por
Federico García Lorca

Armonizada por
Emilio de Torre

a- ga- rro
mi- ra que te lle- no,
la ca- ra de ba- rro.

Del o-
li- vo me re- ti- ro, del es-
mien- to me a- rre- pien- to de ha-

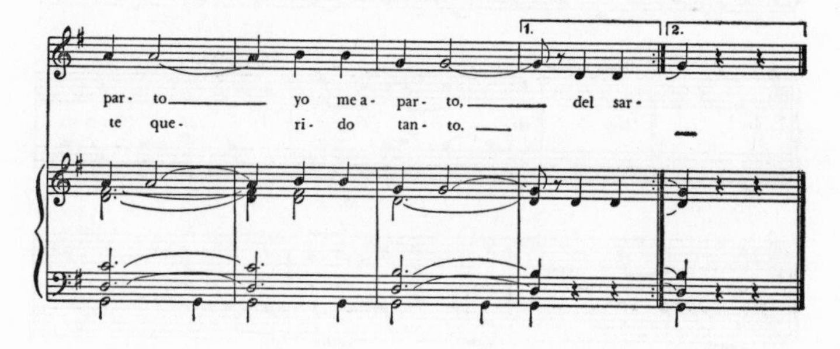
1.
2.
par- to yo me a- par- to, del sar-
te que- ri- do tan- to.

ZORONGO

Armonizada por Federico García Lorca

Piano
Canto y piano
Las ma- nos de mi ca- ri- ño te es-
tán bor- dan- do u- na ca- pa con a- gre- mán de al- he-

lí- es y con es- cla- vi- na de a- gua. Cuan-

do fuis- te no- vio mí- o, por la pri- ma- ve- ra
blan- ca los cas- cos de tu ca- ba- llo cua- tro so- llo- zos de
pla- ta. La lu- na es un po- zo chi- co, las flo- res no va- len
na- da lo que va- len. son tus bra- zos cuan- do de no- che me a-
bra- zan lo que va- len son tus bra- zos cuan- do de no- che me a-
bra- zan.
Baile y piano
Taconeo
Sin Piano

Piano y B.
Al 𝄋
Repite y Final
Taconeo Final

Vocabulary

With the exceptions noted below, the vocabulary is intended to be complete. It does not include: (a) easily recognizable cognates whose meanings are identical with those of the corresponding English words; (b) articles; (c) personal pronouns; (d) possessive adjectives and pronouns; (e) cardinal numerals; (f) names of days and months; (g) adverbs in **-mente** whose corresponding adjectives are given except when a different meaning is indicated; (h) common diminutives and augmentatives. The only irregular verb forms given are those of the past participle and the familiar imperative.

The gender of nouns is marked except for masculine nouns ending in **-o,** and feminine nouns ending in **-a.**

Idioms composed of a noun and a verb are usually listed under the noun.

Abbreviations

adj., adjective
adv., adverb
aug., augmentative
coll., colloquial
conj., conjunction
dim., diminutive
f., feminine
fam., familiar
imper., imperative
interj., interjection
iron., ironical
m., masculine
n., noun
neut., neuter
p., participle
pl., plural
p.p., past participle
pers., person

prep., preposition
pret., preterite
pron., pronoun
sing., singular
subj., subjunctive

A

a to; at; of; on; by; from
abandonar to leave, abandon
abanico fan
abarcar to embrace; contain
abierto *p.p. of* **abrir**
aborrecer to hate, detest
abrazar to embrace, caress
abrir to open, unlock
absolutamente absolutely; absolutely not
abuela grandmother
abuelo grandfather
abusivo,-a abusive; "brute"
acabar to end, finish
acariciar to fondle, hug
acaso perhaps; **por si —** just in case
acechar to lie in wait for
acequia canal, dike
acercarse (a) to approach, go near
acompañamiento accompaniment
acompañar to accompany, go with
acostumbrado,-a accustomed, in the habit (of)
actitud *f.* attitude; position
actor *m.* actor, performer
acudir to attend; run to; gather; **¡acudir!** help!
acusado,-a emphasized, indicated
adelfa oleander
ademán *m.* gesture
adiós goodbye
admiración *f.* wonder, surprise; admiration
adulón,-ona flattering, fawning
aficionado,-a (a) fond of, given to
afortunadamente fortunately
agarrar to seize, clutch
ágil nimble, fast
agradable pleasant, agreeable
agradecer to be grateful for; **le agradecería en el alma** I'd be most obliged to you
agremán *m.* braid, trimming
agreste rustic; harsh, rough; wild
agrio,-a sour; sharp; rude; rough
agua water
aguacero heavy shower
aguantar to bear, endure; **—se** to put up with (it)
aguardar to await, wait for
aguzar to sharpen
ahí there; yonder
ahora now; but
airado,-a angry, furious
aire *m.* air; breeze; manner
ajustar to settle, balance; regulate, adjust

alambre *m.* wire
alargar to extend, stretch out
alboroto disturbance, tumult, clatter
alcalde *m.* mayor, justice of the peace
alegre gay, lighthearted, merry
alegría joy, happiness
Alejandría Alexandria
alejar to remove, separate; **—se** become distant
aleluya print, picture, sketch
algazara racket, hubbub
algo *indef. pron.* something, anything; *adv.* somewhat
algún, alguno,-a some, any; *pl.* a few
alhelí *m.* gilliflower; violet
aliñar to arrange; cook, season
alma soul, spirit; heart; **de mi —** darling, dear; **sin — en mi almario** beside myself
almario *ant. for* **armario** wardrobe, closet
almazarrón *m.* red ochre
almendra almond
alrededor *adv.* around; **— de** *prep.* around
alto,-a high; **en —** loud, raised
allí there
amanecer to dawn
amapola poppy
amargo,-a bitter
amargosillo,-a a little bitter
amarillo,-a yellow
ambiente *m.* atmosphere; setting
amigo,-a friend
amor *m.* love, affection; **por — de** for the sake of
amortajado,-a shrouded
amplio,-a wide, ample, full
ancho,-a wide, broad, large; **en lo — de la calle** right in the middle of the street
andar to walk, go; **anda** come now
angustiado,-a anguished; painful
anillo ring
animar to animate, enliven; breathe
anteayer day before yesterday
antes *adv.* before; rather; **— de** *prep.* before
antiguo,-a old, ancient; former
antipático,-a unpleasant, disagreeable
año year
aparecer to appear, enter
apariencia appearance; outward show
aparte aside
apetitoso,-a appetizing, inviting
aplauso applause
aposentar to take lodging
apoyarse to lean
apretar(ie) to clutch; squeeze
apretón *m.* squeeze, hug
aprovechar to profit by, make good use of; **que te aproveche** may you enjoy (her)
aproximación *f.* drawing near
apurar to drain

aquel, aquella, aquellos, aquellas *dem. adj.* that, those
aquél, aquélla, aquéllos, aquéllas *dem. pron.* that, that one, those; the former
aquí here
árbol *m.* tree
ardor *m.* vivacity; passion
arena sand
arisco,-a fierce, wild; harsh, intractable; shrewish
armar to arm; raise
arrancar to pull; tear out; **se arranca el alma** it's heartbreaking
arranque *m.* spirit; start
arrastrar to drag, pull (out); wipe floor up with somebody
arreglar to fix, arrange; repair
arroba weight of 25 pounds; liquid measure of about 4 gallons
arrope *m.* syrup
arroyo small stream
arruga wrinkle
arrumbado,-a put away
arte *m.* & *f.* art
artificio art; skill
asco loathing; disgust; **¡qué asco!** how disgusting!
ascua red-hot coal; **estar en —s** to be in trouble
asediar to besiege; attack
asentir(ie) to acquiesce; assent
así thus, so; like this, that; **ni tanto — de cobarde** not even so much of a coward
asomar to begin to appear; **—se a** to put one's head out of
asombrado,-a amazed; frightened; dazed; "unconscious"
asustar to frighten; **—se** to be frightened
atención *f.* attention
aterrado,-a terrified, appalled
atormentar to torment, harass
atreverse to dare
auditorio public; audience
autor *m.* author
autoridad *f.* authority
autoritario,-a authoritarian
avanzar to advance, go forward
aventura adventure
avisar to warn, inform
ay alas, oh; **—es** shrieks
ayer yesterday
azarado,-a confused; disturbed; moved
azucena lily
azul blue

B

bailar to dance
baile *m.* dance, dancing
bajar(se) to go down, get down
bajo,-a low
balcón *m.* balcony, window
banco bench
banquillo *dim.* little stool
baraja deck of cards
barbaridad cruelty; temerity; **es una —** it's dreadful
barbero,-a barber's

barra railing in a court-room; hurdle
basilisco basilisk (a fabulous serpent or dragon whose hissing would drive away all other serpents, and whose breath, and even look, was fatal)
bastar to be enough; **me basto y me sobro** I can manage by myself
bastón *m.* cane, stick
bastonazo blow with cane
bastos *m.* clubs (card suit)
batista batiste, finest cambric
beata pious woman; one who pretends to be pious; a woman given to exaggerated frequenting of the churches (slightly derogatory)
beber to drink
becerro calf
Belén Bethlehem
bello,-a beautiful
bendito,-a blessed
benevolencia charity, good will
besar to kiss
bien well; **lo —** how well off
blanco,-a white
boca mouth
bocado mouthful; bit (*of a bridle*); **colocar el —** to bridle
bola ball; puff
bolillo bobbin for lace-making
bolsillo pocket; purse
bonito,-a pretty, nice
borceguí *m.* laced shoe
borla tassel
bota boot
botón *m.* button
brazo arm; **—s al aire** bare-armed
brillar to shine, sparkle
brío vigor, spirit
brisa breeze
brocatel *m.* cloth made of hemp and silk
broma joke; **en —** jokingly; **ya no estoy para —s** I'm no longer in any mood for joking
bruja witch
brusco,-a rough, rude, brusque
bruto,-a coarse, rough; **brutísimo** stupid
buen(o),-a good; well; all right; **estar —** to be in good health; **muy buenas** good afternoon
bulto bundle, package
burlar to mock, ridicule
busca search, quest; **en su — in** search of her
buscar to look for; get

C

¡ca! *interj.* oh no!; no indeed!
cabal accomplished; clever
caballista *m.* horseman
caballo horse
cabello hair
caber to be contained in
cabeza head
cabo end, tip
cada each
cadena chain

cadera hip
caer(se) to fall (down)
café *m.* coffee; café
cafetín *m. dim.* small café
caído,-a low, dropped
calabacín *m. dim.* small pumpkin; dolt, silly fool
calabaza squash
calentura fever, warmth, heat
caliente hot
calmar to calm; appease
calor *m.* warmth, heat
callar(se) to be silent; keep still
calle *f.* street; **en la —** out(side)
cama bed
cambiar (de) to change
caminata long walk, jaunt
camino road, way; **de —** on the way, while you're about it
camisa shirt; chemise
campana bell
cana gray hair
canalla *m.* scoundrel, villain; *f.* mob, rabble
candil *m.* oil-lamp (*with metal hook for hanging*)
cansino,-a weary, enervated
cantar to sing
canto singing
capa cape
capaz capable, able
capirote *m.* hood (*pointed cap worn in processions*); **tonto de —** blockhead; "dope"
cara face; looks; expression
caracolear to caracole; (make) prance
carácter character, nature, disposition; strength of character
cárcel *f.* jail, prison
cardenal *m.* bruise; black and blue mark
cargar to load, pick up or carry a load; charge
carne *f.* flesh, meat
carta letter
cartel *m.* poster
cartelón *m. aug.* show bill
casa house
casarse to get married
cascante *m. and f.* tattler, newsmonger
cascar to crack, burst; jabber
cáscara rind, peel; shell
casi almost
casino club
caso event, case; example; fact; **hacer — de** to pay attention to; **hacer — a** to heed, listen to; **pongo por —** for example
castillo castle
casualidad *f.* chance
catalineta booth of a fair
caza hunt, chase
ceder to yield, give in
ceja eyebrow
celeste sky-blue
cenar to have supper
centro center, middle; **— de mesa** centerpiece (*for flowers*)
cerca *adv.* near, close, nearby; **— de** *prep.* near

cercar to inclose, surround
cerciorarse to ascertain, make sure
cero zero, cipher; **— a la izquierda** a mere cipher; good-for-nothing; "deadhead"
cerote *m.* shoemaker's wax; shoe-blacking
cerrar(ie) to close
certero,-a well-placed
cerviz *f.* nape of neck
cesar to stop, cease
ciego,-a blind; **historia de —** tale or ballad recited or told by blind men on the streets
ciencia science, knowledge
cierto,-a certain, sure
cine *m.* movies
cintillo *dim.* ring set with precious stones; hat-band (*of embroidered silk*)
cintura waist, belt; **meter en —** to subdue
ciudad *f.* city
claro,-a clear; **— (que)** of course
clase *f.* kind, sort; class, type
clavar to nail; drive in
clavellinita *dim.* little carnation, pink
clavo nail; **por los clavitos de Nuestro Señor** for the love of Our Lord
cobarde *m.* coward
cobre *m.* copper
cocido Spanish stew (*made of meat, potatoes, chick-peas, etc.; popular main course*)
codo elbow; **dar con el —** to nudge
coger to take, seize, catch; **—se a** hang onto, cling to
cohibido inhibited, restrained; self-conscious
cola tail; train of a gown
colmado,-a full up
colmar to fill
colocar to place, set
color *m.* color; complexion; natural color
colorado,-a ruddy, red
collar *m.* necklace
comadre *f.* godmother; gossip; friend, neighbor
comadrica *dim.* gossip, trouble-maker
comer to eat, have dinner; **—se** to eat up
cómico,-a comic, funny, amusing; mock
comida meal, dinner, food
comiquísimo,-a extremely amusing
como like; as; as for; something like; as it were; as if
cómo how, what
cómoda bureau; chest of drawers
compadre *m.* godfather, friend
compás *m.* measure, tune; rhythm, beat; **llevar el —** to beat time
completamente completely
componer to repair, mend, fix
comprar to buy

comprender to understand
comprometerse con to bind oneself to, pledge oneself to
compromiso commitment, obligation
compuesto,-a *p.p. of* **componer** repaired, fixed (up); dressed
con with; toward; considering; in spite of
concha shell; tortoise shell
conjunto whole, ensemble
conmovido,-a moved
conocer to know, be acquainted with; meet; **cómo se conoce** how one can tell
conquistar to conquer, subdue; win someone's affections
conservar to keep, preserve, take care of; continue; **¡ustedes se conserven bien!** may you keep well!
considerar to consider, regard
constar to be evident; **me consta** it's clear to me
contar(ue) to count; tell
contenerse to control oneself
contento,-a happy
contestar to answer
contra against
contrario,-a contrary, opposite; **todo lo —** quite the contrary
convencer to convince
convenir to agree; suit; be suitable for
conversación *f.* conversation, talk; dealing; **dar — a** to chat with
convertir(ie) to convert, transform
copa wineglass; crown of a hat; **sombrero de —** high hat; **—s** hearts (card suit)
copla couplet; popular song; stanza; lampoon
coquetear to flirt
coraje *m.* anger; bravery; **tengo tanto —** I'm so mad
corazón *m.* heart; **de mi —** dear, darling
corbata necktie
Córdoba Cordova
cordobés,-esa Cordovan
coronación *f.* adornment; canopy in form of a crown
corremundos *m.* globe-trotter
correr to run (across); flow
corriente *f.* stream, current
corrillo group (*of gossipers or idlers*)
cortar to cut; **¿Corta mucho?** Is it very sharp?
cortejar to court, woo
cortijo farm-house; ranch (*in Andalusia*)
cortina curtain
corto,-a short
cosa thing; **Cuánta —** What things you say; **—s** peculiar ideas
coser to sew; **— a puñaladas** to stab repeatedly
cosquillas *f. pl.* tickling; **hacer —** to tickle
costal *m.* sack, large bag

costar(ue) to cost
costear to pay the cost (of); pay for
crecer to grow, increase
creer to believe, think
crespuscular twilight; dim
criado,-a servant
criatura creature, being, man, child
crin *f.* mane, horse-hair
crisis *f.* confusion; conflict
cristal *m.* glass, pane
cristalino,-a crystalline, transparent
criticar to criticize, blame, find fault with
crudo,-a raw
crujir to creak, crackle
cruzar to cross; pass (by)
cuadro square; picture, scene
cuádruple quadruple; **el —** four times as much
cual, cuales which; **el, la —, los, las cuales** who, which
¿cuál? which? what?
cuando when
¿cuándo? when?
cuanto,-a as much as, whatever, all that; *pl.* as many as, all those that; **en —** as soon as
¿cuánto,-a? how much? *pl.* how many?
cuarto room
cuca silvana *coll.* clear out, go away
cuello collar; neck
cuenta account; **Si yo te cogiera por mi —** If I got control over you
cuerda rope, cord; spring; **dar — a** to wind up
cuerno horn
cuero leather, hide
cuerpo body; **de — entero** full length
cuidado care; **— con** look out for; just listen to; **tener —** look out, be careful; **me trae absolutamente sin —** it's all the same to me
cuidar to take care of
cuido care
culpa blame, fault; **tener la —** to be to blame; **echar la —** to blame
cura *m.* parish priest
curiosamente with curiosity
curva curve, bend
cutis *m.* skin (*of the human body*)

CH

chalar to be very fond of; **me chalan las ovejitas** I'm crazy about little sheep
chambra morning-jacket, short white blouse worn over the chemise
charol *m.* patent leather
chascar to click
chillar to scream
china pebble
chiquilla *dim.* young girl; child

chiquito,-a *dim.* very small, tiny
chisss . . . *or* **chsss** hiss to attract attention
¡chitón! hush!, not a word!
chorro jet, spurt; stream
chupaletrinas riddles, conundrums

D

daño damage, hurt; **hacer —** to hurt
dar to give; **— en** hit, strike; **lo mismo me da** it's all the same to me
dátil *m.* date
de of, from; with; by; as
debajo *adv.* underneath, below; **— de** *prep.* underneath, below
deber to owe; ought, should; must
débil weak
decencia decency; honesty
decente decent, respectable
decir to tell, say; **¡tú dirás!** anything you say; **no me digas** you don't say; **lo que se dice** what you call
decoración set, decoration, setting, scene
dedo finger
defender(ie) to defend
defensa defense, protection
dejar to leave; let, allow; **— de** stop, cease
delante *adv.* before, ahead, in front; **— de** *prep.* in front of; **por — de** in front of
delicado,-a delicate, slight, faint
delirio rapture; **tener — por** to be mad about
demás (los, las, lo —) the others, the rest
demasiado,-a too much; *pl.* too many; *adv.* too, too well
demonio devil, evil spirit; **¡demonio!** Heavens!; **del —** confused
dentro *adv.* within, inside; **por —** inside; from within; **aquí —** right here; **— de** *prep.* inside
¡Deo gratias! *m.* Greetings!
derecho,-a right; **a la derecha** at, to, on the right
derramar to pour out, spill
derretido,-a melted, becoming tender
desbravador *m.* horse-breaker
descansar to rest
descarado,-a impudent
descorrer to draw, pull
desengaño disillusionment; snare; **qué — de mundo** what a disillusioning world this is
desenrollar to unroll
desesperado,-a in despair, desperate
desgraciado,-a unfortunate, unhappy, miserable
desnortado,-a misguided; "dizzy"
desocupado,-a idle; *n.* idler

despabilar to clean the wick of a lamp
despacio slowly
despachar to finish; spend; serve; provide; **bien despachado vas de mujer** that's a fine wife you got yourself
despedazar to cut into bits
despedirse(i) to say goodbye, take leave
despejar to clear; **—se** clear up; be relieved
desperdiciado,-a squandered, wasted
desplomado,-a overcome, falling flat
despreciar to scorn, despise, disdain
después *adv.* afterward, after; **— de** *prep.* after
detalle *m.* detail
detener(ie)(se) to stop
detrás *adv.* behind, beyond; **— de** *prep.* behind
di, dí *fam. imper. of* **decir;** *pret. of* **dar**
día *m.* day; **todos los —s** every day
dibujar to sketch, draw
dicho *p.p. of* **decir**
Diego Corrientes celebrated bandit brought to justice in Seville in 1781
diente *m.* tooth; **entre —s** muttering
difícil difficult, hard
digno,-a worthy
diligencia stage-coach
dinero money; **dinerillos** a little cash; nest-egg
Dios God, the Lord; **— mío** *or* **por —** for heaven's sake; **— dirá** God's will be done; **esas posadas de —** all those inns
director *m.* director; **— de escena** stage director
dirigir to direct, lead; turn; **—se a** turn toward, address
disfraz *m.* disguise
disfrazado,-a in disguise
disfrutar to enjoy oneself; to profit by
disgustar to displease, offend; **—se** be *or* become annoyed
disimulo dissimulation; pretense
disparate *m.* nonsense, foolishness
disposición *f.* arrangement; aptitude
distinguir to distinguish, make out
doble double
doler(ue) to ache, hurt
domar to tame, break in; subdue
dominante,-a domineering, bossy
dominar to win over, subdue
don, doña *untranslatable title used before the first name*
donde where, in which
¿dónde? where?
dorado,-a golden, gilded

dormir(ue) to sleep
dramático,-a dramatic
duda doubt; **no cabe —** there can be no doubt
dulce sweet; gentle
dulzarrón too sweet
dulzón *aug.* very sweet, easy-going
durante during
duro *m.* silver coin equal to 5 pesetas (*formerly worth a dollar*)

E

e and
echar to throw (out); add (on); put in; pour (out); emit; **— a** to start, begin; **echado a la cara** pulled down over the face; **se me eche encima** overtakes
edad *f.* age
efectivamente certainly, truly; that's a fact
ejemplaridad *f.* example, edification
ejemplo example
embargo seizure; **sin —** however, yet
embustero,-a tale-bearer; impostor, cheat
emocionarse to be moved, stirred
empeñarse to insist
emperadora empress
empezar(ie) to begin
empleado,-a employed, used; **me está muy bien —** it serves me right
empolvado,-a covered with dust or powder
emprender to undertake; venture upon
en in, into; on, at; to
enamorado,-a (de) in love (with)
enardecido,-a aroused, excited
encaje *m.* lace; **— de bolillo** bone-lace
encantar to enchant, charm, fascinate; **me encantan** I'm crazy about them
encargar to ask, charge; **—se de** take charge of, undertake to
encarnado,-a red
encender(ie) to light, set fire to; **a mí se me está encendiendo la sangre** she's making my blood boil
encendido,-a burning, flaming, brilliant
encima on top
encontrar(ue) to find, meet; **—se** be
enérgico,-a lively, energetic, expressive
enfermo,-a ill, sick
enfurecido,-a infuriated
engañar to deceive, fool
enhorabuena congratulation; **¡que sea enhorabuena!** congratulations, good luck
Enriqueta Henrietta

enrollado,-a rolled up
enseñanza teaching; doctrine
enseñar to show, teach
entallado,-a fitted
entendimiento understanding, wit
enterar to inform; **—se** find out, learn
entero whole, complete
entonces then
entrar (en) to enter, go into, come in; go off (*stage*)
entre between, amid
envidia envy
época period, time
escandalizado,-a scandalized, shocked
escándalo scandal, disgrace; tumult, commotion; **no me des escándalos** don't raise a rumpus
escandaloso,-a shameful; disgraceful; trouble-maker, scandal-monger
escapar(se) to escape, flee
escarmiento warning, chastisement
escena stage, scene
escenario stage, set
esclavo,-a slave
escritura writing; deed, contract
escuchar to listen (to)
ese, esa, esos, esas that; those
ése, ésa, ésos, ésas *pron.* that one; those; **eso** *neut.* that, that business; **por —** that's why, therefore; **a — de** about, around
espada sword; **—s** spades (card suit)
espadón *m. aug.* large sword, broad sword
espalda back; **se retira de —s** backs out; **estar de —s a** to be with one's back to
espantarse to become frightened
especie *f.* sort, kind
espejo mirror
esperar to wait (for); expect; hope
espiar to spy (on), watch
espinoso,-a thorny; dangerous
esposa wife
esposo husband
espuela spur
esquila small bell; cattle-bell
estafermo wooden Indian; dummy
estallar to burst, explode; break into rage
estar to be; exist; **—se** stay, remain; **— bueno** to be well; **¡estaría bueno!** that would be a fine thing! **ya no estoy para** I'm fed up with; **Ya está la comida** Dinner's ready; **¿Estamos?** All ready? **¿Están bien en dos pesetas?** Will two pesetas do?; **¡ya estamos!** there we go again!
este, esta, estos, estas this: these
éste, ésta, éstos, éstas *pron.* this one; these; the latter; **esto**

neut. this, this business; **¿no es esto?** Isn't that it?
estorbar to disturb, be in one's way
estornudar to sneeze
estrado drawing-room; drawing-room furnishings
estropear to hurt; spoil, tear
estudiar to study
estupendo,-a wonderful, marvelous
evitar to avoid
exageradamente with exaggeration
exagerar to exaggerate, overact (*a part*)
exaltado,-a extreme
excepción *f.* exception
excitado,-a excited, aroused, wound up
exigir to demand, require
expectación *f.* anticipation, expectancy
explicar to explain; **—se** understand
expresar to express, convey
expresión *f.* expression, tone
extasiado,-a enraptured, entranced
extrañarse to be surprised
extrañeza surprise

F

faja belt, sash, girdle
falda skirt
faldón *aug.* long, full skirt
faltar to lack; fail; offend; treat without respect
familia family, kin, children
fantasía fantasy, fancy, imagination, fiction
fantasioso,-a conceited, presumptuous; capricious
fantasma *m.* phantom, specter, ghost, apparition
farsa farce
felicidad *f.* happiness
feria fair, market, bazaar
fiera wild animal, beast
Fierabrás giant, hero of 12th-century epic poem of the Carolingian cycle which tells of the fabulous crusade of Charlemagne in search of the precious balsam for Christ's burial
fiero,-a fierce, ferocious; rude, rough
figurarse to imagine
fijamente fixedly, attentively, firmly
fijarse to pay attention; **— bien** look closely, pay close attention
finanza commercial enterprise
fino,-a fine, smooth
flaquear to weaken
flauta flute
flor *f.* flower
floreado,-a with flourishes
fondo bottom, depth
foro background
fortaleza strength, resistance

fortísimo,-a very loud
frac *m.* dress-coat; swallow-tailed coat
Francia France
Francisco Esteban famous ruffian, hero of ballads
fregar(ie) to scrub, scour
frente *f.* forehead
fresco,-a cool, fresh; **¿Se toma el fresco?** Are you out for a breath of air?; **fresquito** nice and cool
frescura freshness, youth
frío,-a cold; *m.* cold
fuego fire
fuente *f.* fountain
fuera outside; off-stage
fuerte strong, heavy, hard, loud; *adv.* loudly, hard
fuerza force, strength; **a — de** by force of, means of
furia rage, fury
furioso,-a furious, mad; *adv.* furiously, violently

G

gachón,-ona sweet, pampered
gafas *pl.* spectacles
galante gallant, polished
gana desire, mind; appetite; **me dan —s de** I feel like
ganar to earn, win, gain
garabato metal hook, pot-hook
garboso,-a graceful, elegant
garlito snare, trap
generoso,-a generous, indulgent
gente *f.* people; **— de paz** a friend
girar to revolve, go round; **— en** to be about
girasol *m.* sunflower
gloria glory, honor, fame; bliss; **que esté en —** may he rest in peace
golosina delicacy, trifle
golpe blow, tap; **dar —s** to strike
golpear to strike, hit; pound
gordo,-a fat; violent, extreme
gracia grace; wit; **—s** thanks
gramática grammar
gran(de) great, large, big; old; **la grande** the older one; **grandísimo,-a** great big
grandote,-a *aug.* big, bulky (one)
granuja *m.* rogue, rascal
gris gray
gritar to shout, cry out
grito shout, cry, scream; **a —s** out loud
grupo group
guapo,-a good-looking; *m.* tough guy, bully
guardar to keep; put away
guasa jest, fun; irony, playfulness
guasón,-ona coy, playful; mocking
guerra war
guirigay *m.* gibberish; "madhouse"

guiso cooked dish
guitarra guitar
gustar to please; **—le a uno** like; **— de** enjoy, like
gusto pleasure

H

haber *aux.* to have; *impers.* **hay** *and 3rd pers. sing. of all tenses,* there is, there are, *etc.;* **hay que** one must, it is necessary; **— de** to be to, should, must
habitación *f.* room
hablar to speak; talk; say
hacer to do, make; **—se** to become; **hacer como (que)** pretend, act as though; **hace muchos días** many days ago
hacia toward
hallar to find; **—se** to be
hambre *f.* hunger
hamuga saddle
harina flour, meal; **— de otro costal** horse of another color
hartar to stuff; **—se (de)** be satiated with, tired of
harto,-a full; sick and tired
hasta *prep.* until, even; as far as; up to; **— que** *conj.* until
haz *fam. imper. of* **hacer**
hecho *p.p. of* **hacer** made, done, changed, transformed into; **—a una furia** like a fury; *m.* deed, exploit, fact
hembra female, woman
herida wound
hermana sister
hermoso,-a beautiful, handsome
herramienta tool, instrument
hervir(ie) to boil; **leche sin —** raw milk
hiena hyena
hierba grass
hija daughter; **¡— mía!** my dear!
hijo son, child; **hijito** sonny
hincar to drive into, thrust in
hipar to hiccough
historia story, history, tale
historieta tale, short story
hogar *m.* home, hearth
hoja leaf
hombre *m.* man
hombro shoulder
honra honor, respect, reputation
honradez *f.* decency, honesty
hora hour; time; **a última —** at the last moment; **a estas —s** at such an hour, so late
horquilla hairpin
hospital *m.* hospital, asylum
hoy today
huevo egg
huir to flee
humilde humble
humo smoke
humor humor; **de mal —** in bad humor
huracanado, -a of hurricane force

I

ideal ideal, perfect
iglesia church
igual same, equal
igualmente likewise, the same
iluminar to light; **—se** be lighted up
ilusión *f.* illusion; **hacerse ilusiones** to fool oneself
ilustrísimo,-a most honorable; your honor
imaginar(se) to imagine
impaciencia impatience; **no tengas tanta —** don't be so impatient
impertinente obnoxious, unfortunate
importar to concern, matter, be important
impresionar to impress, leave an impression (on); move
inclinar to incline, bend; tilt
incomprensible incomprehensible
indecente indecent; foul
indicación *f.* suggestion
indicar to indicate, show
indignado,-a indignant, angry
infamia meanness, disgrace
infantil childish, infantile
ingenio genius, author; mind, talent; skill
Inglaterra England
iniciar to begin
inmenso,-a enormous, tremendous
inquieto,-a restless, anxious, uneasy
inquisición *f.* Inquisition; **ni la —** worse than the Inquisition
insinuación *f.* insinuation, hint, suggestion
insultar to insult
insurrecto rebel, insurgent
intención *f.* intention, purpose; mind
interesado,-a self-interested
interior interior, inner
interrumpir to interrupt
intratable unruly, unmanageable
intrigado,-a intrigued, fascinated
invadir to invade
inventar to invent, create
inverosímil unlikely; fantastic
invierno winter
ir to go; to come; to be; **—se** go away, leave; **cuánto mejor le hubiera ido a usted** how much better off you would have been; **vaya** well, well; **vaya si** of course, I should say
ironía irony
Islas Filipinas The Philippines
izquierdo,-a left; **por la izquierda** through, at, on the left

J

jaca pony
jadeante panting, breathless
jaleo popular Andalusian

dance; clapping of hands to encourage dancers; commotion; *fam.* quarreling

jamás never

jamón *m.* ham

jarabe *m.* syrup

jaral *m.* rockrose shrub; bramble

jardín *m.* garden

¡Jesús! Good Lord!

José Joseph

joven young; *m. and f.* young man or woman

judío,-a Jew, Jewess; term of deprecation; **—s colorados** vile creatures, "scum"; Jews with red hair like Judas

juez *m.* judge

juicio judgment, sense; right mind

juncal graceful, gallant

junco rush; straight as a rush

junto,-a together

jurar to swear

K

kikirikí cock-a-doodle-do; **hacer —** to peep, crow

L

labio lip

lado side; **a todos —s** in all directions; **de un — para otro** from one place to another

ladrón,-ona thief

lagarta female lizard; "snake in the grass," "louse"

lágrima tear; **se me saltan las —s** tears come to my eyes

larán . . . larán . . . tra-la (*following tune*)

largo,-a long; **— de lengua** "big mouth"

lástima pity, sympathy; **me da mucha —** it makes me feel very sad; **¡Qué — de hombre!** Poor man!; **¡Qué — de talle!** What a wonderful figure!

latir to palpitate, throb; **late y anima** lives and breathes

lavar to wash, do washing

lazo bow, loop

lebrillo glazed earthenware tub

leche *f.* milk

leer to read

legítimo,-a lawful, legal

legua league; **échele usted —s** much farther than that

lejano,-a distant

lejos far; **lejísimos** far, far away

lengua tongue; **estar en —s de todos** to be talked about by everyone

leona lioness

levantar to raise; **—se** get up; be raised, go up

lezna awl

libre free

lienzo linen cloth

liga garter

limón *m.* lemon

limonera lemon-vender

limonero lemon-tree
limpiar to clean, scour; brush, sweep
limpio,-a clean; neat
listo,-a clever, intelligent; ready
loco,-a crazy; **volverse —** to go mad; **nos trae —as** she has us crazy
locura madness
lograr to succeed (in); **lograrás que se escape** you'll make him go away
Lucena town near Cordova
lucir to shine; show off; **—se** show off to advantage; **¡te has lucido!** you've certainly done well for yourself
luchar to struggle
lugar *m.* place; village; **van a dar — a que** they'll bring me to . .
lúgubre mournful, lugubrious
lujo luxury
lumbre *f.* fire
luz *f.* light; **luces** culture, enlightenment; **de pocas luces** not very bright

LL

llamar to call; knock
llave *f.* key
llegar to arrive, come; reach
lleno,-a full
llevar to take, carry, wear; have charge; **—se** take away; **llévatelo** you can have it; **llevado y traído** bandied about; **tres meses llevamos de casados** we have been married for three months
llorar to cry, weep
lloroso,-a sorrowful, tearful

M

maceta flower-pot
madre *f.* mother
madreselva honeysuckle
madroñera strawberry-tree
maestro master, teacher; master-workman, boss
magro,-a lean; *m.* lean slice (of pork)
majestuoso,-a pompous, grave, solemn
majo,-a showy, gaudily attired; *n.m.* gallant; *n.f.* "belle"
maldad *f.* evil, wickedness
maldito,-a cursed, damned, accursed
malhumorado,-a ill-humored
malo,-a bad, evil, ill; **malamente** badly; wickedly
manchar to stain, soil
mandar to command, order; send; **como Dios manda** as is proper
mando command, authority, power
manera way, manner; **de esa —** in that way; **de — que** so that
Manila capital of Philippine Island of Luzón

mano *f.* hand; **a —** by hand, with my own hands
mansurrón very gentle, good-natured
mantilla mantilla (*lace scarf worn on hair*)
mantón *m.* shawl; **— de Manila** silk, embroidered shawl
mañana morning; *adv.* tomorrow; soon, ere long
marcharse to leave, go away; fade
marido husband
mariposa butterfly
martillazo blow with the hammer
martillo hammer
más more, most; else
mata woman's hair; **— de pelo** all my hair
matar to kill
matrimonio marriage
máximo,-a very great, extreme
medio,-a half; *n.m.* middle, midst; **medio** *adv.* half, sort of, practically (a); **medio, medio** half-and-half, more or less
mejor better, best; **lo —** the best (people)
meloso,-a sweet, honeyed; mellow
mella nick, jag
memoria memory; **de —** by heart
menear to stir, shake, move
menester *m.* need, necessity, want; **ser —** to be necessary
menos less; except
menta mint
mentar(ie) to mention, name
mentir(ie) to lie
mentira lie; **parece —** it seems impossible; **¡Mentira!** It's not true!
mentirijillas (de) jokingly, in fun
mentiroso,-a lying, deceitful
menudo,-a tiny, small; **menuditos** very tiny
mercado market
merecer to deserve
merienda lunch, tea; **meriendita** snack
mérito merit, value; virtue, excellence
mes *m.* month
mesa table
meter to put (in); **—se (en)** get into
metro meter
miedo fear; **¡Que me da mucho!** I'm awfully afraid!
miel *f.* honey
mientras while, as long as
mil *m.* thousand
millón *m.* million
mimbre *m. and f.* willow, wicker
mímica acting; gestures
mimoso,-a delicate, soft; playful, affectionate
mínimo,-a least, smallest
mirada glance, look
mirar to look (at); **— por** look after, take care of; **¡Mira!**

Look out!; **me miraba en sus ojos** I wanted to be his image; **según se mire** depending on how you look at it
mirlo blackbird; *coll.* affected gravity
mismo,-a same, very; **lo — se me da a mí** it's all the same to me; **lo — que** just as, the same as
modo manner; **de — que** so that, and so
monja nun
mono monkey
monólogo monologue
montado,-a mounted, riding
montar to mount; set up; **—se (en)** get into
morado,-a purple
morder(ue) to bite
moreno,-a brown, dark, brunette; unbleached
mosco gnat, mosquito
mostrador *m.* counter
mota speck
mover(se) to move about; **Yo de zapatera no me muevo** I won't budge from being a shoemaker's wife
movimiento movement
moza girl; **buena moza** fine figure of a woman
mozo young man
mozuelo,-a grown up young man, young woman
mucho,-a much; *pl.* many; *adv.* a great deal, very; **y —** and very much so
muerte *f.* death
muerto,-a dead
muestra sign, evidence, sample
mujer *f.* woman, wife
multitud *f.* crowd, multitude
mundo world; **correr —** to wander over the world; **por esos —s** all over the world
muñeco doll, puppet; effeminate fellow
muñequito little doll
murmullo whispering, murmuring; murmur
música music
mutis *m.* exit
muy very

N

nacer to be born; **mal nacidas** "scum"
nada nothing; **— de —** nothing at all; **contigo no es —** it's nothing to do with you
nadie nobody, anybody
naranja orange
nardo tuberose
naturalidad *f.* naturalness
navaja razor; folding knife
negar(ie) to deny
negro,-a black
nervioso,-a nervous
ni nor, even; not even; **— . . . —** neither . . . nor
ningún, ninguno,-a no, not any, none
niño,-a child

no no, not
noche *f.* night; **buenas —s** good night; **todas las —s** every night; **de —** at night
notar to observe, notice
notario notary public
notición *m. aug.* sensational news
novio sweetheart, fiancé, suitor; **viaje de novios** honeymoon
nunca never; ever

O

o or
obligación *f.* duty, obligation
ocasión *f.* occasion, opportunity, chance; **en muchas —es** frequently
ocurrir to happen, go on; **¿Qué ocurre?** What's the matter?
ochavo small brass coin, fraction; "nothing at all," trifle
odiar to hate, detest
odio hate
ofender to offend, insult
oficio occupation, trade, craft
ofrecer to offer, hand
oído hearing, ear
oír to hear, listen
ojiabierto,-a with eyes wide open
ojo eye; **— de la llave** keyhole; **Yo me miraba en sus —s** I wanted to be his image
oler(hue) to smell; **— a** to smell of
olor *m.* fragrance, smell; **de —** sweet-smelling
olvidar to forget
onda wave
onza ounce; gold coin
oreja ear
oro gold; **—s** diamonds (card suit)
oscuro,-a dark
Otero Spanish dancer and singer, famous at the end of the 19th century and beginning of the 20th, and always referred to as *la bella Otero*
otro,-a other, another
oveja sheep

P

paciencia patience, endurance; **armado de —** trying to be patient
pacífico,-a peace-loving
padre *m.* father
pagar to pay (for)
pago payment
pájaro bird
pajarraco large, ugly bird
palabra word
palmera palm-tree
palo stick
pana velveteen, corduroy
pandero tambourine
pantalón *m.* pair of trousers
paño cloth
pañuelo handkerchief, kerchief
para to, in order to, for; **— que**

in order that, so that, that; **¿— qué?** why, for what purpose?
parador *m.* inn, road-house
parar(se) to stop
parecer to seem, appear; **si te parece** if you want to
parecer *m.* opinion
pared *f.* wall
parlanchín,-ina jabbering, chattering
parte *f.* part; **por todas —s** everywhere
partir to split, divide
pasar to pass, spend; happen; endure, suffer; come in; **— de** be over, be past; **¿Qué os pasa?** What's the matter with you?; **ya se me ha pasado** it has gone already
Pascuas Easter; Twelfth-night; Pentecost, Christmas
paso step
pastor *m.* shepherd
patata potato
paz *f.* peace; **gente de — a** friend (*in answer to "who is there?"*)
pechera bosom; shirt bosom
pecho chest, breast
pedir(i) to ask for, beg
pegar to strike, hit, beat
peinado,-a combed, dressed; man effeminate in dress
peineta ornamental shell-comb
pelear to fight; quarrel
pelo hair; **a —** bareback; **me tiraría del —** I'd have pulled my hair out
pellejo *m.* skin; "skin and bones"
pena grief, suffering, sadness; **me da una —** I am so unhappy
penacho ornament in the form of a tuft of feathers
pensar(ie) to think; imagine; intend
peor worse
pequeño,-a small
perdonar to excuse, pardon; **Ustedes perdonen** If you'll excuse me
perecer to perish; die, suffer want
perejil *m.* parsley
pericón *m.* very large fan
perinola pear-shaped adornment that spins like a top
perjuro,-a perjurer
permiso leave, permission
permitir to permit, allow
pero but
perro dog; **perrillo** *dim.* lap-dog
perseguir(i) to pursue
persignarse to cross oneself
persona person, individual
personaje *m.* character; personage
pesadumbre *f.* grief, trouble, affliction
pesar *m.* grief; **a — de** in spite of
peseta silver coin (*formerly worth 20 cents*)

pez *m.* fish
picante sharp, hot
picar to bite, sting
pie *m.* foot; **de —**standing
piedra stone
piel *f.* skin; hide; leather
piiiiii sound to suggest buzz of fly
pillo rogue, knave, rascal
pimienta black pepper
pimiento red pepper
pin, pío, pío, pío peep (*sound made by any bird; also to attract bird*)
pinta spot, mark
pintar to paint, portray, represent
pisada footstep
pisar to step (on)
pisotada heavy footstep; **dando fuertes —s** stamping
pisotear to trample, tread underfoot
pito whistle; **tú me importas tres —s** you don't mean a thing to me
¡plaff! bang!, ouch!
plano,-a flat
plantar to set, put
plata silver
plato plate, dish; course
plaza square
pluma feather
pobrecito poor thing, poor dear
poco,-a little, small; *pl.* few; *m.* a little; **poquito** a tiny bit
poder to be able, can, may; **puede que** it may be that; perhaps; **no — con** not to be able to manage, not to be able to put up with; **no — más** not to be able to stand it any longer
poesía poetry
poeta *m.* poet
poético,-a poetic
polquita a little polka
polvera powder-puff
polvo dust; powder; **echarse —s** put on powder
poner to put, place; set (up); make; **—se** put on; become, get; set about, apply one's self; **pongo por caso** (I take) for example; **— verde** to abuse, insult; **¡Me estarán poniendo!** What a going-over they must be giving me!
popular popular, of the people
por for, by, through, because of, along, according to, for the sake of; **— si** in case
porque because
¿por qué? why?; *m.* reason
portal *m.* entry, doorway
portazo slam with a door
posada inn, tavern; lodging-house
prado field, pasture-ground
precioso,-a beautiful; dear; precious, adorable
preferir(ie) to prefer
preguntar to inquire, ask (a question)

premiar to reward
prenda pledge; garment; darling
preocupación *f.* preoccupation, concern; worry
presencia presence, figure, show
pretendiente *m.* suitor
primavera spring
primer(o),-a first; rather
primor *m.* beauty, excellence, exquisiteness; **¡Qué —!** How beautiful!, How wonderful!; **¡Qué — de rebaños!** What fine flocks!; **Primorcito de su vecino** Darling little neighbor
principio beginning
probar(ue) to try; taste, experience
prodigioso,-a prodigious, marvelous, wonderful
prólogo prologue
prontitud *f.* speed, rapidity
pronto *adv.* quickly; soon, right away
propio,-a own
protestar to protest, complain; object
prudente prudent, discreet
prueba proof, evidence, sign
público audience, public
puchero cooking-pot; stew of boiled meat and vegetables; **hacer —s** to pout
pueblo people; common people; town, village; nation
puerta door; **puertecitas** little doors
pues well, then, so, for
puñal *m.* dagger
puñalada stab with a dagger
puño cuff; fist
puro,-a pure, unadulterated

Q

que *rel. pron.* which, that, who, whom; than; as, for, because; **lo —** what; **el, la —** the one that; **los, las —** those who, which
qué what; **¡qué!** what a!; **— sé yo —** I don't know what all
quedar to remain; be left, have left; **—se** stay; **—se con** keep; **¡Era lo que me quedaba que ver!** That's all I needed!
quemado,-a irritated, angry
querer to want, wish; try; love; **¡qué quiere usted!** what do you expect!; **¿quieres?** will you? **¡Lo que quieras!** Anything you say!
quicio door-hinge
quien *rel.* who, whom; the one who; **—es** those who
¿quién? who?; **¿a —?** whom?
quieto,-a still, quiet
quitar to take away, remove; **—se** take off; **— de** go away from; **¡Quite de ahí!** None of that!
quizá(s) perhaps, maybe

R

rabioso,-a rabid, mad, furious; **verde —** extremely bright green
ramo bouquet; bough
rapé *m.* snuff
rapidez *f.* speed, rapidity; **con toda —** very quickly
rápido,-a quick, rapid
rascar to scratch
rayo thunderbolt; flash of lightning
razón *f.* reason, right; **tener —** to be right
reaccionar to react, change one's manner *or* mood suddenly
real *m.* silver coin, ¼ peseta (*formerly equal to a nickel*)
realidad *f.* reality
rebajarse to stoop down, lower oneself
rebaño flock
recapacitar to reconsider
recelo misgiving, fear, suspicion
recibir to receive
recién recent; recently, newly
recordar(ue) to recall, remember
recostar(ue) to recline, lie down; **—se** repose, rest
recuerdo memory, recollection; **—s** regards
reducido,-a small
refrán *m.* proverb
refresco cold drink, pop; **refresquito** nice cool drink
refugiarse to take refuge
regalillos little gifts
regañar to scold
regar(ie) to water
reina queen
reír(se) (i) to laugh, scoff
relación *f.* relation; connection; relationship; dealing
reloj *m.* watch
reluciente shining, bright, glittering
rematado,-a ended, tipped; finished off
remedio remedy, cure
rendir to conquer; surrender; **—se** submit, yield, give up
reñir(i) to quarrel
repeluzno shiver, chill
repetido,-a repeated; **—s** many
reportarse to restrain oneself, control oneself
¡Requeteay! What a chorus of wails!
requeterrico,-a extremely delicious
reserva reserve; exception
resignarse to resign oneself
resistir to endure, withstand; resist
respetable respectable, worthy
respetuoso,-a respectful
responder to answer
respondón,-ona saucy, impudent
resultar to result; follow; seem
retintín *m.* tinkling; *coll.* sarcastic tone of voice

retirar to withdraw; **—se** go away
retorcido,-a twisted, complicated; perverse
retroceder to go back, draw back
reventar(ie) to burst
revolotear to flutter about
revólver *m.* gun, revolver
revolverse to move about
rey *m.* king
rico,-a rich; delicious
risa laughter; **¡qué —!** how funny!, how amusing!
ritmo rhythm, movement
rodear to surround; **rodeado de** surrounded by
rodilla knee
rojo,-a red
rollo roll
Roma Rome
romance *m.* ballad; tale
romper to break; **— a** burst out, begin to
ropa clothes, clothing; **— interior** underwear
rosa pink, rose-color; *f.* rose
Rosa Rose
rosario beads for praying; **al —** to say their rosary
roto,-a torn, tattered
rubicundo,-a blonde; golden-red; rosy with health
rubio,-a blonde, fair
ruin worthless, wretched
ruina ruin, downfall
rumor sound, murmur
run-run *m.* humming; sound

S

sábana sheet
saber to know (how); **¡yo qué sé!** how should I know?; **una persona que sé yo** a certain person; **ya sabía yo** I knew only too well; **ya sabe** you, he knows well enough
sabio,-a learned, wise, clever
sacar to take out, bring out; produce, invent; wear; **— coplas** to make up verses
sacristán *m.* sexton
sacristana sexton's wife
sagrado,-a sacred
sala room, drawing-room; auditorium; court of justice
salamanquesa star-lizard, salamander
salir to go out, come out, leave; come on(to)
saltador,-ra running, gushing; jumping
saltar to leap (over), jump (over); come out
salud *f.* health; **le servirá de —** it will be good for you
sangre *f.* blood; **se me está encendiendo la —** it makes my blood boil
santiguarse to cross oneself
santo,-a saintly, blessed; *coll.* simple, plain
sastre *m.* tailor
sayón,-ona executioner; ugly-looking person, hag, witch

sé *fam. imper. of* ser; *also pres. indic. of* saber
secreto secret, confidence
seda silk
seguido,-a successive, continued; **en seguida** at once, immediately
seguir(i) to continue; go on; follow
según according (to); depending (on); it depends
segundo,-a second; *m.* a second; **si va con segunda (intención)** if you intend a double meaning
seguridad *f.* certainty
seguro,-a sure, certain
semejante similar, like
semilla seed
sencillez *f.* simplicity
sentar(ie) to seat *or* set; **—se** sit down
sentido direction, sense
sentimiento feeling, sentiment; sense
sentir(ie) to feel
seña sign, gesture
señalar to point to, indicate
señor Mr., sir, gentleman; Lord; good Lord
señora Mrs.; wife; lady; madam
señorío domain; command; all the gentlemen
señorita young lady; Miss
señorito young gentleman, son of good *or* wealthy family
ser to be; **— de** to become of; **¿cómo son?** what are they like?
serenidad *f.* calm, tranquillity
serio,-a serious, gruff; important, weighty
servir(i) to serve; **— de** serve as
seso brain
Sevilla Seville
si if; but, why; whether; **por —** just in case
sí yes; **sí que es** indeed it is; *m.* consent, promise
siempre always; **para —** forever
sien *f.* temple
sierra ridge of mountains
silencio silence, quiet
silla chair
simple simple, mere
sin without
sino *n.* fate, destiny
sino but, rather; except
siquiera at least; (not) even; though
sisear to hiss
sitio place, spot; **por otro —** somewhere else; **estarse en su —** to stay where it *or* one belongs; **en todos los —s** everywhere
situación *f.* position, situation
sobrar to be more than enough, surpass
sobre on, over
sobresalto surprise; sudden dread *or* fear
sofocación *f.* grief, sorrow; choking

sol *m.* sun
soledad *f.* solitude, loneliness
solo,-a alone
sólo only
soltar(ue) to let go
sombra shade, shadow; **tener buena —** to be pleasant; **Qué mala —** How disagreeable, annoying; **tan buenísima — como ha tenido usted toda su vida** you've always been so very nice
sombrero hat
sonar to sound, make noise, rattle
sonreír(i) to smile
sonriente smiling
soñar(ue) (con) to dream (about); daydream; **Me vais a —** You'll dream about me
sopa soup
soplar to blow (on); fan
sorbo sip; swallow, gulp
sordo,-a deaf
sorna deliberateness, dissimulation, pretence
sorprendido,-a surprised
sospechar to suspect
sostener to sustain
suave soft; gentle; delicate, mellow
suavizar to smooth over a situation; calm someone down
subir to go up
substancioso,-a substantial
sudoroso,-a sweaty, perspiring
suelo ground, floor
sueño sleep, sleeping; dream
suficiente enough
súplica entreaty, plea
suponer to suppose; imagine, assume
suspenso,-a hesitant, perplexed, amazed, wondering
suspirar to sigh
suspiro sigh
susto fright; **darle a uno un —** be, get frightened

T

taberna wine-shop, tavern
tal such (a)
talabartera saddler's wife
talabartero saddler, harness maker
talle *m.* figure; waist
también also, too
tan as, so, such
tanto,-a so much, as much; *pl.* so many; *adv.* so, so much; **ni tanto así** not even so much; **y tantos** or so
tapar to cover
tardar to delay; take time
tarde *f.* afternoon; **buenas —s** good afternoon, evening
tarde late
tarjeta card; **— postal** postcard
taza cup
teatro theatre
techo ceiling
tejado tiled roof
telón *m.* curtain, drop-curtain

temblar(ie) to tremble, quiver
temblor *m.* tremor; **temblorcillo** ripple
temer to fear, be afraid
temerosamente timorously
templarios Knights Templar
temprano,-a early
tendido,-a stretched out, hanging
tener to have; **— que** to have to
tenoriesco with the manner of Don Juan (Tenorio)
tenue thin, delicate; soft, faint, subdued
terciopelo velvet
terminar to finish, end
terrible awful, dreadful
tetilla small nipple; breast, chest
tiempo time; weather; **hace mucho —** a long time ago; **con —** in, on time
tierno,-a tender, affectionate
tierra land, region, country
tinta ink; hue, color; **— de fuego** fiery black
tipo type, character
tirante tightly bound, drawn; tight
tirar to pull (out); throw (out); **ni que tire por allí . . . ni que tire por aquí** it doesn't make much difference either way
tiro shot; **dar un —** to shoot
tiroteo shooting; cross-fire
títere *m.* puppet; **—s** puppet show
titiritero puppeteer
tocar to play, ring, sound
tocino bacon, salt pork
todavía still, yet
todo,-a all, whole; **— el mundo** everybody; **—s** everyone; *n.m.* the whole; **del —** completely
tolerar to tolerate; allow
tomar to take, assume; have, drink
tomillo thyme
tono tone
tonto,-a silly, stupid; *n.m. and f.* fool, numbskull; **— de capirote** blockhead, complete fool; **por —** for being a fool
topar(se) con to run into
toque *m.* touch; stroke, blowing
torerillo,-a brave; graceful; high-spirited
tormentoso,-a stormy, turbulent
toro bull
trabajar to work
trabajo work, labor; hardship, trouble
tracamandana noisy wrangle, hubbub
traer to carry, bring; wear; **nos trae locas** she drives us crazy
tragar to swallow
trago swallow
traje *m.* dress, suit
transeúnte passer-by
transigir to agree, consent; accept (something)
trapicheo *coll.* little business; getting along

trapo rag, cloth; **— de fregar** dish-rag
tratar to treat, deal (with); have to do (with)
tribulación *f.* affliction
triple triple, treble; *m.* three times as much
triste sad
trompeta bugle, trumpet
tropezar(ie) con to run into
trotar to trot; make to trot
tuerto,-a one-eyed; *m.* one-eyed man
tunante *m.* rascal, tramp
turbado,-a disturbed, upset

U

u or
último,-a last, latest; final
uva grape

V

valentía courage, manliness
valer to be worth; **más vale** it is better; **eso no vale** that doesn't count; **¡Válgate Dios!** Good God! God forgive you!, God bless you!
valiente courageous, brave
valor *m.* courage; value; audacity
vamos *interj.* well, go on!, come now!
vara stick, rod; staff; **— de mando** staff of authority
vaso glass
vaya indeed; well then; **— si** of course
ve(te) *fam. imper. of* **ir(se)**
vecino,-a *m. and f.* neighbor
vega plain, meadow
velar to watch, keep; **— por** look out for, watch over
velo veil, curtain
velón *m.* brass lamp (with movable reservoir)
venir to come; **vengan los zapatos** let me have the shoes
ventana window
ventanillo small window-shutter; peep-hole
venturina gold-stone
ver to see; **a —** let's see; **ya está usted viendo** now you can see; **hay que —** you should see; **¿Se habrá visto?** Did you ever see such a thing?
verdad *f.* truth; **¿—?** isn't it (so)?; **es —** it's true
verdadero,-a true, real
verde green
vergüenza shame; **me da vergüencilla** I'm embarrassed
verso verse; line of poetry
vestido dress
vestir(i) to dress, wear; clothe; **—se** get dressed; **— de** be dressed in, as
vez *f.* time; **una — que** since, now that; **de una —** once and for all; **otra —** again; **cada — peor** worse and worse; **a veces**

at times; **repetidas veces** again and again
vía way, road
viaje *m.* trip, journey; **de —** on a trip
víbora viper, perfidious person
vida life; living; way of living; **en su —** never in his life; **la otra —** Heaven
viejo,-a old; *m.* an old man
viento wind
vino wine; **vinillo** light, weak wine
violento,-a violent, boisterous; loud; impulsive
virgen *f.* virgin; **Virgen Santísima** Holy Virgin Mary
vista sight; view; eyesight; **¡hasta la —!** so long!, be seeing you!
visto *p.p. of* **ver**
viudo,-a widowed; **estar viudo** having lost a wife; *m.* widower
vivir to live
vivo,-a lively; alive
vocerío clamor, outcry; shouting
volar(ue) to fly
voluntad *f.* will; pleasure; willingness; **mi santa —** as I please
volver(ue) to return, turn; **—se** turn around; become; **— a cruzar** cross the street again
voz *f.* voice, shout
vuelta turn, return; facing; **darle —s** turn it around

Y

y and; but
ya already; now; well; **— no** no longer; **— que** since; **— . . . —** first . . . then
yerbabuena mint

Z

zapatera shoemaker's wife
zapatero shoemaker
zapato shoe
zarzaparrilla sarsaparilla